紅塵中的美絕

莊良有 著

菲華文協叢書╱03

獻給

父親、母親、哥哥、嫂嫂、大姐、二姐

【總序】

《菲華文協叢書》

施穎洲

中國新文學運動始於一九一九年，菲華社會一九三八年始有成熟作品出現，一九四五年二戰結束，菲華文藝運動活躍，一九五〇年菲華前導作家百人組成「菲律濱華僑文藝工作者聯合會」，簡稱「文聯」，領導菲華文藝運動，直至一九七二年菲政府宣佈軍統，方暫停止活動，領導菲華文藝運動計廿二年，以後同仁面壁苦修。

一九八二年菲軍管放鬆，「文聯」同仁，加上新人，於一九八二年組成「菲華文藝協會」，繼續領導菲華文藝運動，直至今日，已近三十年，中間「文協」同仁亦向世界華文文壇進展。

「文協」成立三十年來，對菲華文壇貢獻頗大，例如向《聯合日報》借二大版，每月刊出「菲華文藝」月刊，保持與各地華文名報副刊相同的高水準，並多次邀請名作家來菲主持文藝講座，造就許多優秀作家，各已有作品集問世。

今逢本會創立卅週年，回首來時路，特出版發行本叢書，以資紀念，是為序。

自序

七十年代是我的浪蕩時期，日子打發在橋牌上的多。結交很多朋友，也玩得很痛快，可腦子空蕩蕩，有說不出的空虛感。幸有施穎洲先生把我從荒山裡找出來，鼓勵我參與文藝活動。在二十多年漫長歲月裡，有勇氣執筆塗塗寫寫，全拜施穎洲先生之賜，感謝他的提攜與顧愛，作品儘管不成熟，總算沒有交白卷。這份恩情將永遠銘記我心。

這些遺懷的文章，明知火候不夠，但都是動了真情寫的。早期的舊作、文字尤稚嫩，因留有生命鱗爪，仍然把它視作褪色泛黃的照片保存下來。

許多作品是為抒暢生活裡零零星星的際會所激起的感觸。享受到如夢似幻的聲色，至今縈懷不已。俄國莫斯科市芭蕾舞團著名舞星琦吉洛高娃（Natalia Chtchelokova）使我感動得落淚的舞技，長久盤旋在我腦海裡，拂不掉的。那種令人沉醉的經驗怎能不把它捕捉下來？芭蕾舞與意大利歌劇之篇的靈感是從心靈深處奔瀉出來的，兩者都是我此半生所迷戀，因為是高眉藝術，或會拒人千里。寫自己的天空，給自己過過癮也就夠了！

人生最可貴的天倫之樂是很感人的題材。為了欲重溫濃厚的親情，讀了再讀「暖暖的家人家事」裡的幾篇拙文，淚水會模糊雙眼。父親於一九六五年旅遊美國時，心臟病突發而驟逝，我接受不了殘酷的事實，噙著眼淚著筆〈一封寫不完的信〉，每年一篇，發表於他忌辰之日，十年後結集為單行本。後來，母親也走了！深深的感悟到那些依偎在雙親溫煦懷抱裡的幸福日子已無聲無息的隨著時光流逝得很遠很遠。這是我難以釋懷的。父親對我的影響力最大，自己都快步入暮年，還處處思念著他，心底無涯的寂寞是說不清楚的。

〈綺麗的異國風情〉寫嚴肅的倫敦和浪漫的巴黎，兩個風情迴異的文化大城我都喜歡，可能是自己性格的倒影。謝馨摯友對占星學有深入的研究，頗有心得。據她分析，雙子座如我者具有雙重性格。大概如此吧！戴安娜之篇，事情發生時，我剛好在巴黎，極為震驚，因而撩起我綿綿敘語。

歷年來寫了不少有關中國古陶瓷的篇章，因為是研究這一門的，喜在古陶瓷天地裡盤桓，好比置身於百花盛放的繁華春天，唯囿於筆力有限，所寫只見學術，少見雅趣，悶死了讀者。所選入三、兩陶瓷篇全然是為自己寫的，因壓抑不了滿懷激烈的熱情，已顧不得有否讀者。本羞把它們收入這本書，深恐厭煩讀者，可還是抵抗不了內心的衝動。給自己作記錄就是。猶記以前，情緒低落時，欲想逃避現實，便躲進陶瓷書裡，讀著，讀著，很快就迷失在書中。「熟而生情」是也！

出這本文集，目的無他，只想在記憶力急速衰退的暮年裡靜靜的追憶，細細的回味在飛逝的歲月裡的心境、思潮和處景。

黃珍玲文友熱誠分擔煩瑣的校對工作，謝馨摯友在封面設計上提供寶貴意見，謹此一併言謝。

一本書，不同年代讀了再讀，欣賞力差距甚大。遙憶初中三閱讀無名氏所著《塔裡的女人》時，盡快把故事讀畢，尚無能力品味出小說家筆下人物的刻劃與曲折的情節。一九九九年亞華作協的「讀書會」邀請王文品主講此書。次日，主持人九華要我為其「迴響刊」撰文。九華作事格調至高，我自是唯唯尊命。再讀這部小說後，感觸多多。寫得興奮，寫得痛快。這是我文學之旅上一個好不愉悅的經驗。

目次

第二輯　暖暖的家人家事

第三輯　綺麗的異國風情

第四輯　中國文化之遺韻

第五輯　書情畫意的洞天

第六輯 文友的來來去去

微型小說

附錄

第一輯　身邊的聲聲色色

烤爐邊的故事

我唯一的拿手專技是烘焙西式糕點。自嘆一生不善烹飪，做起飯來張張皇皇，雖然有時尚能差強人意。可事倍功半，好不吃力。當年為了面臨廚房的重擔，急著要應付吃飯的問題，大凡本地中西名師傅開班，我就趨前求教。豈料所學菜譜，都只有一面之雅，試做過一次，就恝然置之。缺乏興趣乎？沒有稟賦乎？自己百思不解，為何對烹飪之技如此不出息。我不是不覺察到與生俱來有一雙特別笨拙的手。學了五年鋼琴，手指頭在琴鍵上動彈，既無力又不伶俐。寫起書法，東歪西倒，自憐亦復自笑。小學時代的勞作才把我折騰得厲害，做紙花、塑黏土、剪色紙……都要同學助我一臂才能過關。長大後，更視女紅為苦事，隨著嫁妝來的一架縫紉機，冷藏了幾近廿年，常有內疚之感。十個手指天生就那麼不靈活，舉凡要動手去摸，去捏，去揉的技藝，全非我所長。十年來能常在廚房裡篩麵粉，打雞蛋，樂於烘焙西點蛋糕，自視為奇蹟。

烹調食物與烘焙蛋糕的方式全然迥異。前者不必斤斤計量，愈老練者，原料的份量愈靠直覺，幾根蔥，一撮鹽，一把米粉……後者卻要有很準確的衡量，一杯麵粉，一匙醱粉，不但是以平面為準，且要篩散過的；四個雞蛋，大小要分明；兩匙牛油、固體或液體要說明……粗心大意是我個性中的瑕疵；奇怪的是在烘焙蛋糕時卻很耐性子，絲毫不討厭樣樣要細心計量的程序，反而覺得那種拘謹的做法是約束我放肆的個性的好機會。

特別的蛋糕，蛋黃與蛋白，都是分開打的。烤爐出來的蛋糕，成敗全在蛋白之打得是否夠濃硬。所以在把蛋白與蛋黃分開時，我總是全神貫注，小心翼翼的不要使蛋白滲與半滴蛋黃，否則就會大勢已去，蛋白再打也不會濃硬起來，到時候蛋糕必硬如石頭。我常常取笑自己，讀書寫字若亦持有分開蛋白與蛋黃時那種「全神貫注，小心翼翼」的態度，今天必能出人頭地！

西班牙甜食中有純蛋白製成的如「佳綸尼糕」（canonigo），原來的意思是天主教修道院中之教士，此道雪白高潔的蛋糕乃被喻為教士；西班牙民族是篤誠虔敬的天主教徒，甜品裡竟亦含有宗教味道；亦有純蛋黃製成的如「天肉」（tocino del cielo）。兩者均要外潑甜汁，才能食出名堂來；否則就味同嚼蠟，單調乏味。我並不太欣賞這種「孤男寡女」的甜食。蛋白與蛋黃本是形影不離的，食譜裡只是要它們分開打，最終仍要攪拌在一起，才算是天作之合。

歐美甜品，多款多樣，有蛋糕，派（pie），蛋捲（crepe），「慕斯」（mousse，口感類似布丁），泡芙（puff），含有酵母的甜糕（yeast cake）……，我學了不少，惟對蛋糕情有獨鍾。西式糕餅店裡所陳列的成品，原料與做法，我常是一目瞭然。濃脂矯飾的蛋糕不一定就是上乘的蛋糕，那要看其原料與配料。外塗「梅郎」（merengue，蛋白與糖混成的糖衣），花枝招展的生日糕是最凡俗的蛋糕。蛋糕本身所施用的麵粉有兩種：普通麵粉與蛋糕麵粉。細膩的蛋糕一般都是用蛋糕麵粉做成的。糕質之優劣更與所採用的奶油的品質切切相關。配料中，我最喜歡菓子。較常使用的菓子有蘋果、芒果、香蕉、草莓、罐頭桃子、罐頭櫻桃、乾梅子、乾棗子……等等。其中以蘋果最常用，其食譜花樣繽紛，我學過的就有六、七種，包括數種歐、美不同的蘋果糕、蘋果派。蛋糕之「貴」在於所塗用的乳脂。乳脂有若干種，以鮮乳脂（fresh cream）最棒，亦最昂貴，敷有鮮乳脂的菓子蛋糕是西式糕點中的佼佼者。

麵粉是蛋糕的命脈，其份量之多寡決定蛋糕本身的性質。美國蛋糕慣用較多麵粉，兩杯至三杯，糕質因而緊密不鬆；歐洲蛋糕通常只用一杯麵粉，所以糕質既鬆且軟。我學過的「匈牙利糕」，只用兩大匙麵粉，味道與眾不同，是我家老大特別喜歡的蛋糕。

孩子們十歲左右是我最勤於烘焙糕點的時期，因為她們下午四點放學回家後，每個禮拜要趕赴兩次的芭蕾舞課，以及兩次的鋼琴課。每天早上，我要在廚房裡摸索個不停，預備孩子們下午的點心。學校下課歸途中，姊妹倆在車上老愛猜測媽媽當天烘焙的是甚麼糕、甚麼派。每天吃不同的糕點是她們一天內固定的歡樂。記得當時也正是我橋牌打得最熾熱的時期，邀請朋友來家裡打橋牌，時款以親自做的甜點，橋牌桌上常得到許多謬讚。偶爾遇到知音，那真是「相逢何必曾相識」！

我曾經異想天開，想開設一家歐式的咖啡館，地方小巧，裝璜高雅，且播有柔情的音樂，而主題乃在於每天供給不同五顏六色的糕點，客人一定有走上門的雅興。那要捨棄其他一切活動，鎮日窮忙於烤爐邊，在麵粉、雞蛋與奶油之間打轉，緊張得不知何去何從，是為了貪博一百八十元的盈利，抑或是為了滿足以雕蟲小技炫耀於世的虛榮心？兩者吾皆不與焉！夢幻中的小咖啡館乃像肥皂泡沫破滅在空中。

一九八四年

☆註：最近老二參加學校舉行的糕點比賽，我幫她做了一個用橙汁做的派，上面飾有一團一團的鮮乳脂，橙色配白色，清鮮奪人，單是外型就夠吸引力，結果被錄取第一名，因而引起我撰寫這篇拙作的靈感。

起司鍋宴記趣

最近又收到瑞士大使Richard Gaechter「給特兒」先生的請帖，帖上註明是Cheese Fondue Party，「起司鍋（亦可譯成乳酪鍋）派對」。我對乳酪並不感興趣，可是幾個月前「給特兒」大使請客，我因有事已婉謝過一次，這次總不能為了乳酪而因噎廢食，又冷卻了「給特兒」大使的一番熱情。其實，我很喜歡西方人的小型派對，並不是我迷外，只是欣賞他們那種率直，爽朗，大方的性格，賓客之間縱使素昧平生，大家仍融融洩洩，有說有笑，輕鬆愉快，誰也不在乎那簡樸的一菜一甜品的晚飯，他們講究的倒是那昂貴的醇酒。中國人宴客，多以肴饌為主題，不以山珍海味款待客人，大有「失禮」之態，此乃各國風土人情之迴異，無所謂孰是孰非。

我常在瑞士飯館裡看到鄰桌的三、兩客人圍坐在一塊兒共享著那道瑞士名菜，「牛肉鍋」（beef fondue），桌子中間有一小銅鍋的生油在煤爐上燒滾著，客人把切成小方塊的牛肉插在帶有長柄的叉子，放入銅鍋裡的熱油燒煮。沸熟後，有十幾種特別醬汁，可以隨意沾用，「起司鍋」又是怎麼一回事，我百思不解。難道也把乳酪切成小方塊，放進熱油裡烹煮，豈不被溶掉嗎？我雖不是乳酪的愛好者，但「起司鍋」所帶給我的神秘感劫撩起我對「給特兒」大使宴會的興致，很想知道到底葫蘆裡賣的是甚麼藥！

瑞士大使的官邸與我們家是近鄰，相距只不過一、兩百步。世界上最守時者是外交官，為了要準時七時半到會，我還是讓司機送我一小程。當我步入他們那高雅潔淨的客廳時，「給特兒」大使即前來在我面頰上輕吻了一下，以表示歡迎。他坐下來與我寒喧了一會兒，就起身跑進廚房去忙他的「起司鍋」。原來當晚，他親身下廚，權充廚司。他繞從冷氣餐廳裡走出來，臉上堆滿笑容的招呼客人入席時，滿額汗珠。來自滑雪之國，他竟在菲律賓煎熬如此灸熱的天氣，我不禁替他叫屈！

入席後，我發現在座的賓客，跟我一樣，品嚐「起司鍋」皆乃第一遭。坐在桌子中間的小煤爐上是一銅鍋的乳酪漿，被切成小方塊的麵包乘坐在兩小竹籃裡，分別流浪在客人間。在「給特兒」大使的示範下，大家先放幾塊小麵包在自己瓷碟上，然後把那細長別緻的叉子刺進小麵包塊上，以浸入銅鍋裡的熱乳酪漿，乳酪漿若已緊纏著麵包塊，即可送進口裡咬嚼。大概是「給特兒」大使的烹技特別高明，乳酪漿那本帶有濃熱氣味的乳酪被其他混合料調和得美味適口，與一般現成的乳酪的味道迥然不同。經不起好奇心所驅，我忍不住啟口向「給特兒」大使問起那鍋乳酪漿的秘方。他慷慨大方的把他的秘密公佈出來，原料包括兩種特選的乳酪、白酒、麵粉、鹽與胡椒。他神彩飛揚的說：「不要以為知難行易，要攪拌得絨滑不成塊不是那麼簡單，成份的配合與調味更是重要。」大家才恍然大悟，這道菜原來是知易行難！

席間奧國大使夫人Posch「波士」太太驚奇的叫嚷著：「聽說有的本地人不吃乳酪，我真不敢想像那是一個怎麼樣的天地，我做飯時，樣樣都要放乳酪」。

我嫣然一笑，接著替我們東方人辯護道：「一個民族對某種食品的嗜好與他們國內的環境大有關係。他們生活裡的飲食習慣，亦就是該國社會文化的一部分。菲律賓人沒有喜歡乳酪的理由，因為此物本國出產不多，價錢又不便宜，他們日常食譜裡很少用得著，只有一般中上階層的人，大概學會吃歐洲菜才培養出此洋口味，那是一種人為培植出來的品味（cultivated taste），又如我們東方人沒有你們歐洲人的豪飲。飯前要先來一杯花樣繽紛的雞尾酒，吃飯時要與紅或白酒並進，喝完咖啡，還要細飲一小杯濃酒liqueur或cognac才夠過隱。基於不同的文化，我們中國人的肚子可以容納得下十道菜，可不一定匯積得下幾杯不同的美酒……哈哈哈，一陣笑聲打斷了我的話，「當然，我們中國人在筵席上也有對飲與敬酒的規矩，然餐桌上道地的飲料乃是熱茶，美國人的卻是白水加冰塊……」大家又爆出一陣哄堂！

瑞士以品質蓋世的食品除了乳酪外，尚有巧克力糖。在座的嘉賓，有的就乘機展示他們的外交辭令，大談瑞士的巧克力糖。「給特兒」大使眉開眼笑的告訴我們：「巧克力在瑞士廠裡要煉七十二小時方能做成糖果，我們瑞士人最講究品質！下次我請客，也就是要諸位品嚐我的『巧克力鍋』（chocolate fondue）。鍋內放的當然是朱古力漿，但沉浸進去的不是別的原料，而是自己的食指，等到食指燒成巧克力棒時，諸位就可伸出舌頭慢慢舔……」大家無不咯咯的笑起來。

有幾個瑞士朋友，他們皆斯斯文文，彬彬有禮，非常「紳士派」，但卻有一股冷冰冰的意味。據說瑞士人居多如此，「給特兒」大使卻是例外，他非但坦誠，風趣，且很具人情味！

一九八二年

遭殃

馬卡地的郵局本位於馬尼剌花園大飯店邊側，離我們家很近，步行得到。記得家裡的傭僕去郵局寄信都是穿越「愛得沙」公路走過去的。兩年前，孩子們申請美國學校時，手續非常縟繁，她們全然自己應付，做母親的雖關注殷殷，甚麼也幫不上忙，唯有替她們跑郵局，因為她們白天要上課，而各種考試的申請表、特撰的文章、主任和老師等的介紹書……都要按期寄出。每個人申請四、五間學校，姊妹合起來，郵件簡直無以計數。幸虧老天作美，郵局近在咫尺，給我省了不少汽油。

去年，馬卡地市政府在一哩外興建的郵局大廈已竣工，郵局隨即遷址。馬加地原是彈丸之地，住宅區與商業區相距只不過幾分鐘的車路。一出村子，拐個角彎、銀行、藥房、超級市場、美容室……歷歷在眼前。在於得天獨厚的馬加地居民，一哩路已不得了，我也因此與郵局疏遠了。寄信常是跑到本村對面的洲際大飯店去投寄；但若收到掛號信或包裹的通知卡，那跑郵局，就在所不免。

我最忌諱的是掛號信，因領取時，必現身份證件。我手頭上唯一的身份證件是護照，那是相當貴重的證件，通常是被深鎖在抽屜裡的，跑一趟郵局總不好去動用它。我老是靠紛陳在小皮夾裡各種不同的信用卡。因為信用卡不是身份證件，每次都是懷著心虛膽怯，戰戰兢兢的心理去碰運氣。遇到窗後善氣迎人的服務小姐，她會皺皺眉頭，然情面難卻，最終還是與人方便，在薄子上給我簽個名字，然後把信遞放在我的掌中。若時運不好，櫃枱上冷漠嚴肅的女職員會正顏厲色的提醒我信用卡不是合法的身份證件。我再虛心下氣的多進言幾句，她會不瞅不睬的把視線投向我背後的人。我莫可如何，要急步繞迴郵局後面，爬梯上樓找郵局長，恭而敬之的請他特別開恩。由是，我經常默祈國外的朋友不要與我過意不去，郵寄掛號信給我。

最近偏偏又收到一張惱人的掛號信的通知卡。我無可奈何的驅車到一哩外的郵局去與運氣搏鬥，結果是碰釘子。憋著氣上樓梯找郵局長時，竟然埋怨起寄信的人，急著想知道到底是誰給我的惡作劇？我平常還算「知書達禮」，頗能以「辯別是非」而自傲；然有時對芝麻大的瑣事，反而按捺不住蠻性。明明是自己不能循從條規所惹來的麻煩，還要遷怒到朋友身上去，那真是無法無天！

當我摸索到郵局長的辦公處時，發現他正在開會，不能見客。我愣在一旁，正覺束手無策的剎那，忽然瞥見郵局長辦公室隔壁，透明玻璃窗內的會計室，裡面唯一的一張桌子後面危坐著一位女士，訕訕的微笑，招呼示意我進去。遇到天外送來的貴人，我立時急趨上前。一進門就開門見山，三言兩語地道出我的難題。對方毫無躊躇的說：「妳先下去，我會下樓去叫她們釋信給妳。」對一個陌生人所賜予的援助，如獲大恩大德，我滿臉的驚喜。正春風得意的欲想拔腳離去，身邊卻出現一菲女嘰哩呱啦的與那位會計女士交談著。我沒注意聽她們在講些甚麼，只見那位好心腸的會計女士驟然大肆咆哮，暴跳如雷！我的腳一時恍惚被釘子釘在地板上，移動不了，呆滯的直眼瞪著那位可憐的會計女士，覺察到她面若死灰，我自己也被嚇得魂飛體外，不知究竟是怎麼一回事！她雙眼泛紅，兩團眼淚籟籟下流。她邊擦拭臉上的淚痕，邊用嘶啞的聲音，期期艾艾的告訴我剛才有人來向她購買價值三千三百元的郵票。她細心謹慎的數了卅三頁，每頁一百元的郵票給那個人。現在才發現在忙碌中，她無頭無腦的錯把大疊每張值三百元的郵票給了那個顧客，計算起來，相差六千六百元菲幣。敘完故事，她馬上嚎啕痛哭起來：「我的媽呀！六千六百元，我怎麼賠法？」

眼看無辜的好人遭遇到飛來的橫禍，我不克自禁的為她心煩意亂，不知所措。

「天地良心，那個人看見票面不對，於他無用，一定會回來向妳兌換的。」我安慰著她，誠心誠意的希望但願如此！

紅塵中的美絕

打從中學時代，我就非常心醉芭蕾舞，在菲女青年會芭蕾舞班學習了不上一年。其時慕名到一位教法嚴謹名安尼沓。卡因的英籍芭蕾舞師，原想轉移到她那兒去報名；不料，學校裡的修女忽然宣佈天主教禁忌芭蕾舞的新法規，說是芭蕾舞的服裝暴露性太大，不准學習，並鄭重聲明違規者將被開除。芭蕾舞是西方古典藝術的精華，與古典音樂融為一體時，如煙如夢的意境，所帶給人的是一種純美的感覺。其藝術之深涵，頗值得推崇。天主教那種小題大作，焚琴煮鶴的作風，著實令人哭笑不得。我與芭蕾舞的緣份亦因著天主教荒謬的立場而中斷。

一直到現在，我對芭蕾舞仍懷著一顆灼熱的心。國際與本地的首席芭蕾舞星都很受我矚目。

馬卡地有一個特別支持菲律賓芭蕾舞的團體，其創辦人乃前任英國駐菲大使夫人，朱蓮．摩根。她早年曾經擔任過芭蕾舞師。兩年前十二月間菲文化中心公演「仙履奇緣」芭蕾舞劇，摩根夫人曾經客串參與演出，扮演神仙娘娘，一時被傳為佳話。幾次在社交場合遇到摩根夫人，看見她把頸脖撐得直直的，嫵媚得像隻天鵝，那挺拔的肩膀，以及筆直的背，很自然的散發出一股高貴驕人的韻味，我會自動走過去與她哼哈幾句，為的是要以雙目正視看她。每個芭蕾舞者挺秀豐姿，一如一尊藝術雕塑品，不由得教人不多看她幾眼。

摩根夫人為支持菲律賓芭蕾舞所組織的會，除了每個月聚會一次外，時為募款而舉行各種盛會，好為芭蕾舞孃們購買舞鞋，或聘請外國名舞師來菲主持特別課程。屢次被邀參加該會活動，我所不能忘懷的是參加聆聽出身英國皇家芭蕾舞學校，菲律賓芭蕾舞師狄妲。拉蒂亞的演講。據她說歐洲許多芭蕾舞名校在未收留新生以前，必先由骨科醫生衡量每個女孩子與其父母的四肢，由是可以預估得出一個女孩子肢骨發育的可能性，得以判斷她是否芭蕾舞材料，無怪乎所有的芭蕾舞星都具有詭異細長的肢體，令人一眼就認得她們是芭蕾舞者。

穿梭來往於摩根夫人的芭蕾舞會，我有緣結識到蘇妮•康沙禮示。她年輕時，曾在倫敦、紐約芭蕾舞名校受訓過，廿年來在菲律賓芭蕾舞壇非常活躍。在她費心督促下，女兒多妮，如今已成為一名國際芭蕾舞星，現為美國華盛頓芭蕾舞的臺柱舞者。冬妮今日舞藝的功力一半是靠她自己的天才與努力，一半則是歸功於她母親的苦心栽培。她十幾年來陶冶琢鍊的歷程，完全是她母親用心策劃的。假如說每個成功的男人背後有個女人；那麼，每個成功的孩子，背後必有個母親。孩子們未成年前，他們的生命全被掌握在父母的手心裡。一般情形，父親因為忙於生計，全心全力撫育孩子的還是母親。她要深具遠見，早在孩子們尚幼稺的時候，替他們作各種選擇，準備、安排……為他們鋪路。蘇妮是學習芭蕾舞的，當然是望女成鳳。冬妮四歲時，蘇妮就教她起步，七歲時即已替她爭取到一份獎學金，帶她去紐約芭蕾舞學校受訓。十一歲時，又替她張羅到另外一份獎學金，再度帶她去美國過從名師，潛心苦練。冬妮未及十八歲，即代表菲律賓參加凡爾那（Varna，位於保加利亞東北部）所舉行第十一屆世界芭蕾舞比賽，此乃芭蕾舞之奧林比亞，參加凡爾那舞賽簡直是登龍門。冬妮雖未中選，卻獲得入圍，其舞技之水準，可見一斑。翌年，冬妮又在母親的陪伴下，參加在紐約所舉行的第一屆國際芭蕾舞比賽，榮獲第五名。

在一個午宴上，我向蘇妮道賀，她卻在我耳旁低聲慨嘆著：「每次出國參加比賽，要自帶舞伴，一行三人，旅費相當繁重。為了女兒的前途，又豈敢埋怨！」

最近首都劇院推出《吉賽兒》第二幕。冬妮擔任女主角，有動人心魄的表演。蘇妮歷年來嘔心瀝血的為女兒東奔西跑，終於有了報償。坐在臺下，我不絕的拍掌，為冬妮拍掌，更為我的朋友蘇妮拍掌。

一般古典芭蕾舞皆編自神話，《吉賽兒》亦然。故事描述一貴族男士，為了迷戀吉賽兒，一鄉村少女，卸下錦衣，披上布服，化裝降為鄉人。兩人狂熱的相戀著。當其愛人的身份被拆穿時，吉賽兒醒悟到彼此的愛情原來是悲劇，悲慟欲絕，當即輕生，了結那段情孽。身亡之後，她的靈魂跟隨著一堆遭遇情郎遺棄而自盡的少女的鬼魂，每在昏夜裡顯現飛舞。凡有男士倒霉邂逅到，必被逼喪生。諸鬼魂之首領乃強逼吉賽兒向她的愛人討債。吉賽兒心有不忍，當其愛人前來探墓時，暗中示意要他靠緊墳墓前的十字架，以驅散邪氣，其愛人因而得救。

《吉賽兒》芭蕾劇最精彩的是第二幕。幕啟時，吉賽兒的愛人，手裡拿著一束鮮花，來到吉賽兒孤冷蕭瑟的墳墓前祈禱，四周一片蒼涼岑寂。吉賽兒突然似無形卻有形的出現。其愛人定眼一看，認得出是日夜懸念的吉賽兒。驚愕，狂喜交集一片，急趨上前。一對戀人纏綿放蕩，如幻似真的飛躍欣舞。扮演吉賽兒的冬妮，猶如輕風中的柳絮，飄來拂去。兩足或徐或疾，在美妙的音律中，騰跳飛旋。一雙修長的玉臂交叉，打開，交叉又打開，忽上忽下，忽上又忽下，洩露出萬千柔情。冬妮雖年僅廿一，卻能完全把自己投注在吉賽兒的閨怨裡，把女主角那似苦又甜的表情傳達無遺，令觀眾看得心搖神馳，大舞臺上淒豔的意境迷戀得出神入化。吉賽兒此一角色是古典芭蕾舞劇裡最吃力的，表演者的舞藝與演技必堪稱雙絕，才能勝任。這次冬妮在《吉賽兒》第二幕裡，大展身手，成功的表演，肯定了她是當今菲律賓芭蕾舞壇首屈一指的舞星之一，大可與在俄國鑄鍊的莉莎・馬邱哈，與在德國受訓的安娜・朱蒽多利媲美。

一九八六年

藝術的饗宴

——觀賞莫斯科市芭蕾舞團表演有感

傲視世界俄國的芭蕾舞，與英國的堪稱為芭蕾舞兩大主流門派。前者因著民族性粗獷奔放，加上舞臺極大，有優越的空間使舞者毫無羈束的發揮，可以旋轉得多、飛騰得高，舞風氣概壯麗豪邁，很吸引人。後者民族性文雅溫和，芭蕾舞傳統保守、典雅、也很迷人。

俄羅斯藝術風氣熾盛，各種文化活動都享有政府的資助擁護。芭蕾舞能保持很高的水準，國家有莫大的功勞。卅六家國營的芭蕾舞團聲譽最顯赫、最具氣派者當推莫少伊（Bolshoi）與基洛夫（Kirov）。出國表演，每到一個地方，都極其哄動，風靡了萬千芭蕾舞迷。馬可仕時代，伊美黛曾邀請過不少世界一流的藝術團來文化中心表演。鼎鼎大名的莫少伊與基洛夫芭蕾舞團也來過。一場場精絕的表演叫人觀賞得如癡如醉。猶記莫少伊芭蕾舞團還推出他們技藝精練的首席舞星比雪士加牙（Maya Pleiseskaya）。她表演《天鵝湖》第四幕裡奄奄一息的天鵝時，屈身臥伏在地上，伸展出細長的雙臂，蠢蠢蠕動，長達一分鐘，楚楚風姿，贏得觀眾不少眼淚。

據說蘇俄聯邦瓦解後，俄國經濟拮据，已沒有能力支援大型芭蕾舞團，許多出色舞星紛紛投靠規模較小的莫斯科市芭蕾舞團（The Moscow City Ballet），促其成為當今舞壇最具水準的生力軍。菲律賓國家音樂協奏會（National Philharmonic Society）今年為慶祝該會創立四十周年，特邀莫斯科市芭蕾舞團來菲表演兩部恒久不朽的舞劇：柴可夫斯基（Tschaikovsky）的《天鵝湖》（Swan Lake）和亞當（Adam）的《吉賽兒》（Giselle）。

音樂是芭蕾舞命脈。古典芭蕾舞配以古典音樂，會把觀眾引入一個感情強烈的境界，那種震懾心魂的力量是無以形容的。柴可夫斯基璀璨絢爛的《天鵝湖》，人聽人愛，臺上飄然若仙的美景更是百看不厭。該部舞劇裡的雙人舞（pas de deux），亦即「斯菲」王子與娉婷的天鵝女共舞時那副如夢似幻的畫面是有名的，也是最令人難忘的。這次扮演天鵝女的是嬌俏可愛的琦吉洛高娃（Natalia Chtchelokova），其驚人的舞技把天鵝舞出生命來，把柴可夫斯基的音樂詮釋得完美無瑕。在第二幕裡表演卅二個轉圈（fouettes）（註），從舞臺的一端轉到另一端，顯示出超然的舞功。旋轉卅二次後，一般是蹲身俯臥在地上，她竟然意猶未盡的終於腳尖上（en pointe），且昂然駐足良久。臺下的人大喊：「Bravo！」掌聲霹靂震耳。

芭蕾舞劇角色最吃力的是「吉賽兒」，琦吉洛高娃在第二幕裡扮演從墓塚裡走出來的陰魂，與來探墳的情人共舞時，身著薄紗闊裙舞裝，一副輕飄的模樣，隨著亞當所譜如泣如訴，低沉柔和的音樂旋來轉去，似假似真，萬縷愁緒洩露在她那傳達情意的脖子和肩膀以及那充滿表情的腕臂，所創造出淒美冷豔的情調，真是動人！

芭蕾舞是一種高度美感的追求，所呈現輕妙靈幻的形象幾乎不是屬於人間的。精確輕健的步伐全靠苦功勤練，其技巧是剛柔並致的。筆挺的頸背，柔軟的手臂，和結實的玉腿都是千搥百練出來的。兩臂一揮，腳尖一站，都要拚出所有氣力。舞孃們在臺上飄來拂去，看似輕盈，如鳥翔空，其實個個香汗淋漓，渾身靈活有力。輝煌的舞技絕不是一年半載就磨練得來的。芭蕾舞是崇高的藝術，值得欣賞，值得喝采。

二〇〇〇年

☆註：Fouette是一種轉圈的步伐，用左腿以腳尖支撐體重，然後用右腿淩空揮圈。

意大利之歌

其一

很高興，最近在聯合報閱讀到歌劇《蝴蝶夫人》在臺北上演的新聞。我記得是「蝴蝶夫人」裡的一支名曲〈那美好的一日……〉把我引入綺麗迷人的歌劇世界。

我初次暢遊美國是在一九五九年，有一天晚上，先父與我在紐約曼哈丹一家小飯館進餐，我忽然被無線電所播唱的一支歌曲懾住了。那是發自心靈，絲絨般纖潤的歌聲所吟唱的歌曲，歌詞是義大利語言，我聽不懂，但那輕婉柔情的歌調，深獲我心。我從來沒有聽見過如此有魅力，有感情的歌曲，一時如墜夢幻，全然被迷透了！曲終時，那音調雖逝猶響，長久縈迴我腦子裡。我迫不及待的很想知道那支歌的曲名，很冒昧的把路過我身旁手托著圓盤的女侍攔住，輕聲問她剛播完那首歌的曲名。結果是被挨白眼，她嘟著嘴說：「我夠忙了，甚麼歌曲也沒聽到！」

我不怕自討沒趣，使勁的起身趨前向面對收銀機的女帳員詢問。她木無表情的瞟我一眼，然後莫名其妙的聳聳肩，搖搖頭。「奇怪，那麼優美的音樂，這些人怎能置若罔聞呢？」如打敗的兵士，我無精打采的回到座位。猶不甘罷休，我毫無顧忌的掉頭去請問鄰桌的一位紳士。他微微一笑，告訴我那是普契尼譜曲的《蝴蝶夫人》歌劇裡一支很有名的獨唱曲名——〈那美好的一日……〉（Un bel di……）。

第二天，我馬上去購買「蝴蝶夫人」歌劇全套唱片。之後，我開始迷戀歌劇。

歌劇是以音樂為語言的戲劇，全部臺詞都是吟唱的，只有歌劇喜劇（opera buffa）是唱說夾雜的。聲樂家的歌唱是歌劇的血肉，交響樂團的演奏則是歌劇的骨幹，臺上演唱者的歌唱，舉止、表情、情節的轉變、氣氛的強調，全要靠交響團的伴奏，才能把歌劇家精心的創作發揮殆盡。交響樂曲乃從十八世紀義大利歌劇脫胎而出，有些鋼琴協奏曲是為發揮聲樂的高度技巧而產生的，可見歌劇對各種形式的音樂都有很大的影響。

歌劇始創於十七世紀。它本是貴族宮廷裡的消遣，後來乃普遍成為民間的娛樂。十八世紀末至廿世紀初是歌劇的全盛期。這時期的歌劇受浪漫主義的影響，不但許多歌劇乃編自浪漫派作家的作品，歌劇家放縱的創作力全受浪漫派的鼓舞與激勵，是時興的浪漫主義的熱潮把歌劇平民化的。歌劇一向風行全歐洲，義大利、德國、法國、英國與俄國都有她們本國歌劇名手的作品；但今日的歌劇劇目大多以德國與義大利為主。德國十九世紀享譽最隆的歌劇家當推華格納（Richard Wagner）；十八世紀具有驚人才華的音樂家莫扎特（Wolfgang Mozart），雖在譜作技巧上與義大利歌劇家不盡相同，卻有不少義大利作品，諸如《克里特王依多美尼歐》

（Idomeneo）、《費加洛的婚禮》（La Nozze de Figaro）、《唐・喬望尼》（Don Giovanni）和《女人皆如此》（Cosi Fan Tutte）……。義大利早期的名歌劇家有羅西尼（Rossini，1792-1868）、道尼西地（Donizetti，1797-1848）、米利尼（Belleni，1801-1835）等。他們的作品頗具十八世紀浮華繁飾的遺風。十九世紀中葉威風最大的是威爾第（Verdi），他的作品顯示著浪漫主義的作風，自然、真摯。十九世紀末的天下則是普契尼的。

普契尼（Ciacomo Puccini，1858-1924）是十九世紀末繼威爾第後，一位很出色的義大利歌劇家。他出自音樂世家，祖宗數代都是聖樂大師，他因而也是科班出身的，其作品中有兩部是以東方為背景的，即《蝴蝶夫人》（Madama Butterfly）與《杜蘭朵》（Turandot）。「蝴蝶夫人」的故事很平凡，是普契尼哀感頑豔，出神入化的音樂把它不朽化的。這部悲劇敘述一個日本藝妓對一個美國海軍中尉一往情深，但賓歌頓卻把她當兒戲。他們短暫的婚姻在「蝴蝶夫人」是銘心鏤骨；在賓哥頓卻是逢場作戲。賓歌頓回美前，兩人花前月下的對唱是這部歌劇的高潮之一。美國夫君揚長而去後，蝴蝶夫人對他朝思暮想，望穿秋水，癡癡的等了三年，最令人低徊不已的是她一夜廝守到天亮，倚窗望外，吟唱那支名曲〈那美好的一日……〉，憧憬著賓哥頓出海回日本來與她團聚，那美麗淒婉的音樂表露出她滿懷深沉繾綣的感情。薄情郎的船終於泊岸了！蝴蝶夫人歡喜若狂，載欣載奔；然迎面而見的卻是一位美國太太。蝴蝶夫人的心直沉到底，面色凝重的告訴她賓哥頓可以來領取他的小男孩。帶著紋痛的心情，蝴蝶夫人回房把兒子的眼睛蒙住，然後手持一把刺刀，躲進屏風後去自盡。賓哥頓趕到時，已遲了一步。他臥伏在蝴蝶夫人的軀體上，痛喊著：「蝴蝶！蝴蝶！」普契尼以蕩魄消魂的音樂結束了這部悲劇。

《杜蘭朵》（Turandot）是普契尼最後一部作品。他因心臟病突發，沒有全部譜完，即告逝世。該部歌劇最後一幕的下半段是由他的好友亞發諾（Franco Alfano）替他完成的。普契尼在這部歌劇裡匠心獨運，熱情奔放的音樂中含蘊著一股說不出的恐怖感。一九二六年在米蘭作首次演出，極其轟動。

《杜蘭朵》乃以中國為背景，在北京城宮廷裡的杜蘭朵公主，美豔如花，傾國傾城，但為了要替被俘虜而死在國外的祖先報仇，她下了誓約，永不被任何男人佔有，若有貴族欲向她求婚，要能猜中三個謎，猜不中就會被處死。曾有不少王孫公子慕名杜蘭朵公主的美色，自靠奮勇，前往應試，不中而喪命。故一提起杜蘭朵公主，一般男子無不談虎色變；不料、忽又來了一位不知名王子，仰首挺胸，擊鑼登堂，求見杜蘭朵公主。杜蘭朵公主冷若冰霜，高亢唱出三個謎。孰知不知名王子竟一一猜中。杜蘭朵公主驚惶失色，以不願下嫁異族為藉口，要求破約。不知名王子深仁厚澤，不但不氣忿，反而有意犧牲自己。他說只要杜蘭朵公主於破曉時分，能猜出他的名字，她可以破約不嫁給他，且可以照樣把他處死。當晚，傳令官宣佈全北京城的人都不許睡覺、要幫忙猜想不知名王子的名字。不知名王子因而唱了一支悅耳動聽的曲子，名〈無人可睡〉（Nessun Dorma），為了不忍心為難粉頸低垂、沉鬱寡歡的杜蘭朵公主，他終於把自己的秘密私自向她洩露：他叫卡拉夫，是韃靼族鐵木兒王的兒子。杜蘭朵公主深受不知名王子高尚的心地所震盪，心裡起了疙瘩，該征服或被征服？她心旌動搖，妞妮不安的唱出了內心的掙扎。回到宮廷裡，杜蘭朵公主當眾宣佈不知名王子的名字是「愛」……她愛上了不知名王子！

其二

普契尼對東方音樂定有一番的研究。《杜蘭朵》裡許多大合唱的歌調皆深具東方韻味，藉以捕捉這部歌劇的神秘感。第一幕裡的「Gira La Cote!……perche Tarda La Luna」即散發出一股神秘的魅力。故事原是傳奇性的，配上北京城宮廷裡所有人物眩麗的豔服，以及造作的臉譜，使這部歌劇倍加綺異狂特。

去年多承幼琴惠贈一部《杜蘭朵》錄影帶，使我大飽眼福。歌劇是至高的綜合藝術，令人陶醉的音樂，配有精采的服裝、佈景、燈光、道具，把觀眾引入如真似幻的意境。聲樂家們要唱作俱佳，才能出場，所以歌劇要看比聽更過癮。觀賞歌劇本是享受高水準耳目聲色之娛；然而，要演出一部歌劇，要有龐大的財力與人力，票價因而相當昂貴。無怪乎歐洲人的禮俗是觀賞歌劇必衣履華貴，女的長裙搖曳，珠寶盛飾，（珍珠項鍊之長短，竟有所謂「歌劇長度」〔opera length〕者，即垂至胸脯。）男的的黑蝶領結，黑晚禮服，以示對歌劇的一種致敬。為了要使歌劇大眾化，近年來美國流行歌劇吟唱會，由男女高中低音吟唱全部歌劇的歌曲，或不同歌劇的名曲，他們只唱不演，服裝佈景全都免了，票價也跌了。去年八月我護送兩個女兒去波士頓進大學，途經紐約，小住一週，曾去林肯中心觀賞兩場歌劇。一場是普契尼的《波西米亞人》（La Boheme），一場是莫札特的《克里特王依多美尼歐》。兩場歌劇的票價差距很大，因為後者只是以上所提的歌劇吟唱會，也非常賣座，可見去掉臺上一切的裝綴，歌劇家偉大的音樂，配上受過嚴格訓練，明麗嘹亮的歌喉，尚能引人入勝；但觀眾卻享受不到歌劇那排場宏偉的本質。藝術的質與量本是魚與熊掌不可兼得的！

《杜司卡》（Tosca）也是普契尼一部很成功的作品，該歌劇雖具有很強烈的暴力性，有酷刑、謀殺、自殺……但普契尼卻把一切醜的，惡的美化了，良工苦心譜曲了許多輕柔纖美的獨唱曲，支支柔美感人，使歌劇生輝，情調提昇。「杜司卡」的氣派很大，有兩個很軒昂堂皇的佈景，一個是羅馬古都中世紀的大教堂，一個是警官豪華的宮室，服裝也相當華麗，整個舞臺洋溢著一種莊嚴顯貴的氣氛。這部歌劇，我觀賞過兩次，給我留下很深刻的印象。

普契尼是以《波希美亞人》成名的。這是我最喜歡的歌劇，描寫在巴黎拉丁區的四位窮苦藝術家淳樸的生活，他們的夢幻、愛情、絕望……。四位藝術家是詩人羅道夫、畫家瑪札洛、哲學家歌淩和音樂家蕭那。物質生活雖然匱乏，他們卻過得無憂無慮，因為他們寄情於藝術，寓意於友情。在寒冽的冬天，室內老舊的爐灶裡火燄久已熄滅，沒有炭不可燃燒取暖，畫家瑪札洛凍得手腳冰僵。詩人羅道夫激昂的唱著：「我的詩歌劇本能使我們保暖，……愛是燃燒得猛烈的爐灶……」為了替友人取暖，他把自己的稿子充當燃料，一張一張扔進爐灶裡燃燒。詩人羅道夫與女裁縫咪咪詩意淋漓的對唱是第一幕的高潮。羅道夫自己介紹：「我是窮詩人，但與貴族一樣的豪富，我的富源是讚美愛的詩……空中充滿了我的美夢、幻想、與堡壘……我有百萬富翁的魄力……」咪咪的自白是：「我過著快樂恬靜的生活，我喜歡刺繡絲緞，嗜好製做玫瑰花與百合花，它們象徵愛，春天……所謂詩的一切……」普契尼用心把美麗生動的音樂揉入這段甜蜜夢幻的意境，令人為之心醉神馳。

「波希美亞人」的另一對戀人，畫家瑪札洛與喜賣弄風情但心地善良的姆西妲，打情罵俏，離離合合，是歌劇中有趣的插曲。聖誕前夕，姆西妲在熱鬧繁華的莫姆士咖啡館（Café Momus）所唱調情華爾茲歌，輕鬆可愛，廣受劇迷的歡迎。

一對灼熱戀侶，羅道夫與咪咪，過了一段花好月圓的日子後，遂變得快快不樂，原因是羅道夫妒性太強，處處對咪咪起疑心，連咪咪沉睡時，也在猜疑她的夢。病弱的咪咪受不了，乃決定與羅道夫分手，她與情人告別時，所唱對臺戲，悲酸動人。普契尼把一對情侶似斷欲連的離情別緒表達得宛轉悱惻。咪咪病危時，重回羅道夫懷抱裡，兩人互相訴相思的對唱，情致纏綿，餘意未盡，普契尼更把它傳達的絲絲入扣。咪咪氣絕時，羅道夫嚎哭「咪咪！」普契尼以很悽美蒼涼的音樂了卻窮詩人的情債。

歌劇家以動人心魄的音樂表達人性的喜怒哀樂，故事裡感情的起伏，全靠旋律的揮霍，演唱者要投以專業的精神，獻以成熟渾厚的歌聲，在交響樂團精采的伴奏下，才能把歌劇家嘔心瀝血的作品盡致的呈現給觀眾。假如說好的戲劇有震撼力，能使人回味無窮，那麼美的歌劇則有迷惑力，能使人魂牽夢繞。

二〇〇〇年

恂恂君子

最近參加過一個盛會，地點是在主人家極其氣派的大花園裡。當晚主人特別安排去年參加在德國舉行的國際合唱比賽獲獎的Madrigal合唱團演唱的助興節目，氣氛分外熱鬧迷人。

宴會中的佳賓盡是政、商、外交界的名流。席間，坐在我左側的剛好是馬可仕時代的內閣總理兼財政部長，凱撒・未拉沓（Caesar Virata）。他是當年老馬應付國際貨幣基金會的一張王牌，其誠樸淡泊的形象備受國際金融界的賞識。我與他活躍於菲劇壇的夫人「嬌伊」僅是泛泛之交，與未拉沓本身也不曾會晤過。我們彼此介紹以後，話題兒也就打開了。

近年來「如示丹」百貨公司各種來自歐美的奢侈品如銀器、瓷器、水晶品、首飾等等，縱覽數樓。菲國揹負著兩百八十幾億美金的國債，國際貨幣基金會要央行鬆懈歷年來禁止入口的政策，用意何在，我不明就裡。何其有幸，邂逅到未拉沓，我不會與他閒談風起雲湧的菲律賓政局，此熱門話題，而會乘機為蘊藏在我腦海裡的疑團，使勁的向他盤根問底。

一切雖已是過眼煙雲，這位極受老馬器重的官僚竟然以經濟學家的視野，振振有詞的為一個區區平民解釋道：「如果本地出品的布料比不上瑞士的，激烈的競爭會使廠商非改良不可。所以，入口貨對我們的工業是很具刺激性的。」

我顯露出一臉狐疑的表情，繼續糾纏下去：「你說的很有見地，可是本地廠商囿於種種不理想的條件，提昇品質的幅度是有限的。再說，我國政府負擔得起美金大量的外流嗎？臺灣光復後，經濟拮据，一般民眾苦煞苦省，堅忍不屈，即令易為物質迷惑的闊太太們，也過著淳樸檢約的生活。五十年代，我父親每去臺北，皮箱裡大包小包的禮物，其中不少是美國牌的唇膏、面粉、絲襪子、皮包等等，並不是他在臺北有女朋友，而是為贈送朋友們的太太。經過四十年的努力，如今臺灣經濟起飛，民生富裕，國家外滙蓄備不止超過德國，甚且與日本爭雄，畢竟羅馬不是一日造成的……」

未拉沓靜靜聆聽，木然不語，他沈穩的儀表本是大家所熟悉的。為打破僵局，我乃以戲謔的口吻說：「我每天吃的水果是葡萄與蘋果，而不是我們的芒果與木瓜，但吃得扭擰不安，似有偷情的意味。」

Madrigal合唱團亮麗美妙的歌聲在喧嘷人語中開始響澈空中，獻唱多曲後，贏得聽眾陣陣掌聲。未拉沓輕顰淺笑的喟嘆著：「看樣子，我們在藝術方面還是比較有紀律。」

一九八九年

「西北」班機裡的一幅速寫

每次出國，一上飛機，在座位上安頓以後，就搶先向空中服務員要自己喜愛的時事速食——《新聞週刊》與《時代》週刊。令人費解的是亞洲航空班機一般皆有求必應，美國飛太平洋地區的班機反而不提供這兩本廣受讀者歡迎的讀物。

最近美國西岸之行，搭乘的仍是途經東京的西北航空班機，在機艙裡觸目到壁上的雜誌架擺置著一本展露出一排英文大字《新聞週刊》的刊物，興沖沖的趨前，伸手去抓把，愕然發現它是日文版的，英文題目是印在該刊物的背後，正面則全是日文，內心不由激起奢望，竊想有日文版的，應該也有英文版的。悄悄回到座位，按鈕欲向空中服務員查問一下。來了一位白髮皚皚，姿色欠佳的空中小姐，友善的態度倒很可取：「我到樓下給妳找找看。」等待不久，她又出現了，眼裡幾分歉意，搖頭認真的說：「對不起，樓下也只有日文版的」。聽了至感不悅，難道只有日本人才關心瞬息萬變的世局嗎？雜誌架上十來本五花八門的刊物中，就有五、六本日文的，西北航空對日本人如此優待，真叫人傻了眼。

翻閱該班機的佳餚菜單，受我矚目的焦點是日式晚餐，任君選擇三道主菜下面，有加州名廚主掌的日本「和食」。除了「燒鳥」、米飯、和湯外，其餘都是涼食，有泡菜、蘿蔔片、幾種不同燻魚、麵條等等。以前在飛機上目睹到菜單上衛生，少油脂的日本飯，一向無動於衷，從不問津。這次因著注意到人家被刮目相看，頗多感觸，一時撫平不了情緒上的波動起伏，莫名的選用日式晚餐。

豐盛的日式飯盒尚未上桌之前，先登場的是開胃冷盤，其後是蔬菜沙拉，所供應各種精配調味醬中竟有「日式沙拉醬」。好奇之所趨，乃讓空中服務員代為在鮮脆菜葉上淋幾下「日式沙拉醬」。生平第一次品嚐到含有濃重醬油味的沙拉，這還是拜西北航空奉敬日本之賜呢！雖還算可口，卻有違心理，東西方味道雜湊，總覺得有點怪怪的。猶記兩年前在洛杉磯渡假時，大學時代摯友帶我去名噪西岸的「加州披薩廚房」（California Pizza Kitchen）用餐。為了商業上的激烈競爭，該館廚子力求創新，調製出許多拼配亞洲食味的披薩，備受美國人的喜好，已成為熱門連鎖店。當天我點了一客「中意合作」的北京烤鴨披薩。中國烤鴨與義大利莫札瑞拉起司（mozzarella）混淆在一起，在口裡嚼了半天，越嚼越感疙瘩，禁不住向女友囉嗦：「餐館道地的好，不宜不倫不類。飲食文化是一個國家的文化精神，受外國大肆侵擊是一種恥辱！」

日本人吃飯，講究營養，對西方的生菜沙拉尤感興趣，「定食」裡老配一碗拌有西式調味醬的沙拉。他們殷實守規、外國菜外國吃法，絕不亂放「龜甲萬」醬油。西北航空為討好日本人，改造自己的食物文化，推出以醬油為主的「日式沙拉醬」。如此費心，如此敬意，日本人怕也會有受寵若驚之感吧？

亞洲金融危機暴發後，國際貨幣基金會盡力支撐，雄踞為當今世界經濟首領的日本，在重振亞洲經濟計劃上扮演著極其重要的角色，慷慨獻出數百億美元鉅款，協助波及的幾個東南亞國家，包括印尼、泰國、馬來西亞、與菲律賓。所謂Mizayawa Fund即是。西北航空貼心供應日本乘客各方面的需求，奇怪嗎？

一九九九年

女人的累贅

在穿著上追縱時尚，似乎是女人的本性。我熱衷逛服裝店，衣櫃裡的日服、晚服、休閒服、旅遊服……積累可觀。每次出國歸來，衣箱裡泰半又是新添的外套、襯衫、裙子等等。暴殄天物的罪惡感是揮之不去的。有趣的是我對鞋子並不懷深情。鞋櫃裡都是些褪盡容光的老臉孔。自認對皮革物沒有高超的品味，只會買方方正正的款式，唯一的定規是鞋皮要柔軟，穿在腳上有舒服感，是以老找名牌，比較有信心。價格極昂，但品質優越，樣式保守，脫俗，買了絕不後悔，幾雙交替穿，大可穿上三五年，甚至十年，已夠回本，若不是有「持恒」的作用，恐怕還捨不得那樣講究呢！

記得新婚後，外子表情肅然地對我說：「涼鞋不能穿，一個女人把十個腳趾赤裸裸地暴露出來，叫人看了好噁心！」「不穿就不穿，沒問題。」廣東人說：「冇問題。」法國人說：「Pas de problème。」我心裡嘀咕著。之後，常把外子的胡言當笑話說給朋友聽。七十年代是我的浪蕩時期，時間多糜費在橋牌桌上。一個週日的下午，我在家裡的娛樂房有一場橋牌局。外子不知怎的回家得特別早，推門進去，三位牌友正巧腳上穿的都是涼鞋，且都早聞悉過外子有憎厭涼鞋的怪癖，我又故意調皮地向她們眨眨眼。三個人尷尬無比，情急下趕緊把腳縮起來。外子一走開，我們大家為這一場荒誕的際遇嘻嘻哈哈，笑成一團，淚水都從眼角擠了出來。如今，外子和我離年青越來越遠，他對我的穿戴已不理不睬。涼鞋可以穿了，可我對它興趣不大，總覺得那種鞋子，有穿似無穿，一雙腳光溜溜的，四處溜躂，沾滿灰塵，那種髒兮兮的感覺，還受得了？

我所依戀的是五、六十年代女人窄裙，三寸高細跟鞋的裝束，娉娉婷婷，那種矯媚動人的風韻，很值得懷念。其實，腳跟挺高三寸，走路是很吃力的。那種苦肉刑並不亞於清代女子的纏足。二十多年來，三寸高跟鞋幾乎絕跡，市面上所出現的都是鞋跟粗且低的鞋子，女人穿這種皮鞋，好不輕鬆，步伐既大又快，儀態盡失，褲裝相繼而出，且很得寵，女人的風采那裡去了？

廿一世紀一來到，高跟鞋旋即東山復出，贏回昔日的光采，不過，款式有了新意，以露腳趾和露腳跟為時潮，低跟的亦然，是皮鞋，是拖鞋，實在辨不清。我一時被時髦所迷惑，把美感丟失掉，半推半就，買了一雙兩寸高，黑色包頭露腳跟的鞋子，初次試穿給五歲的小孫女文蕊看到，她大聲吼叫：「阿嬤，您的鞋子好醜啊！」當晚，阿公在臥房裡看電視，她即刻跑到我的更衣室，打開我的鞋櫃，一把將那雙鞋子抓在她肥胖的小手掌裡，向阿公告狀：「阿公，您看，阿嬤的鞋子這麼醜惡！」這個小淘鬼慣常注意我的衣著，我每次整裝出門，她若在我臥房玩，必抬起眼睛瞪著我，看到她喜歡的會嬌聲地說：「阿嬤，您的品味很好！」不喜歡的，她會如婆婆斥責小媳婦：「阿嬤，您怎麼穿這麼難看的衣服？」驚喜之餘，我會溫柔地把她攔在懷裡，親了又親她那幼嫩的小面頰。小小年紀，講話都是大人的口氣，真奇怪！談起那雙尖頭露腳跟的鞋子，穿在腳上，邋邋塌塌，彆扭得很，委實難登大雅。自此決定要等候熱潮退燒後再買皮鞋。終於又找回了自己！與朋友聚會，腳上的鞋子是老的、古的。人家冷眼旁觀，我故作酷狀，寧可被譏笑也不要有盲目的熱情。

但願來生不再是女人，免得受種種衣履的羈絆！

二〇〇三年

日本的文化面具

有些本地清一色女性的聚會，會員爭相展出時興的衣裝與新潮的首飾。那種閃耀崢嶸，明爭暗鬥的氣氛，令人懷疑她們每個月的聚會是否醉翁之意不在酒。那可能是我對各種「母雞會」鼓不起勁的原因之一。身為女人，我對入時的首飾服裝，亦頗具常識。每個女人都有愛好粧飾的習性，那是天經地義的事，可那只是生活中的點綴，倘若給自己增添一種壓力，那未免太愚昧了！

國際仕女會，顧名思義，乃由許多不同國籍仕女所組成，每月聚餐一次，由「各國代表」輪流提供代表性的盛饌與節目。最近我曾被一位日本好友邀請觀賞她與其他數位日本仕女在該會所主持的盛會。這是我第二次以客人身份參與該會的活動。前一次是杜米尼幹共和國做東道主，有歌有舞，聲色俱美。這次的節目則是Ikebana東洋式插花藝術的示範。

日本的插花藝術源自中國。根據許多詩篇與畫幅中的記載，其始於唐朝，盛於宋朝。遠傳日本後，樹有數多流派。花藝之精，令人嘖嘖歎賞。寥寥幾株花木即可拼湊成一盆清媚雅麗的花景。貌似簡單容易，其實那不但有基本的插法，以三角形的構圖作主花的骨幹，且要憑個人的巧思與藝術感，選配各種不同花卉，組成一幅既搶眼又調和的美景。

我對日本民族與文化沒有太深入的認識。表面上的觀察，使我感覺到有些矛盾，有著不一致的素質。我一向認為簡潔淡雅是日本生活情調的特色。日本烹調，花樣不多，做法簡易，卻美味適口，廣受歡迎。插花藝術，三朵玫瑰，一堆矮草，即可撮合成一盆詩篇般的花景。以寡少的材料創作出動人的美感，乃其獨特的風格。榻榻米式的房屋，光潔素淨得不像滾滾紅塵中的宿處。所不一貫的是日本伊万里瓷器，色澤濃豔，幾近俗氣，連古樸的日本青花瓷也如此，因著鈷藍色特別強，令人一睹即辨得出是東洋貨，完全不合乎我印象中「簡潔淡雅」的日本生活情調，且有近乎「反調」的意味。

日本的科技在世界上已遙遙領先，非但各種電子的機械在歐美市場很吃香，即令汽車也早於十年前打進享有「汽車大王」之譽的美國市場。老二去年在美國買了一部日本汽車，我們還錯怪她不懂事。原來日本汽車還比某些美國牌子牢且貴，廣受美國人接收。日本以科技遠征歐美，但在她們自己國內，卻很受日新月異的西方物質文化所侵蝕。東京銀座再也看不到穿和服的日本女性，她們的衣履盡是最時髦的洋裝。日本的時裝設計家在巴黎，法國與義大利同行競光爭輝。兩個月前，我曾在「新聞週刊」讀到一篇有關日本飲食業被美國速食名牌所鯨吞的報導。美國速食諸如牛肉餅、炸雞、畢薩等皆如怒潮狂風的征服了東京居民的胃口。在東京鬧區，狄士可，咖啡館之多，生意之隆，比起歐美各大都市，有過之而無不及。讀到最後一句：「除了頭髮尚未染成金黃色外，日本人的生活習慣已被西化得徹底了！」我不由泛起冷笑。

十幾年前我念法文時，曾結交到一位日本女友，記得班裡她最用功，老是考第一。他們舉家回東京後，她即刻受聘於法國名牌Christian Dior時裝公司。她能學以致用，令人豔羨。日本女友聰慧靈敏，雖已離去十年有餘，我對她仍念念不忘。當時我們之間，妳來我往，時時見面。她的生活模範使我對日本民族西化的深淺略窺端倪。那位日本女友懂開車、會抽煙、學法文、打網球、玩橋牌……儼然是一位新時代女性的典型；但是，我發現她家中，事事只有她先生才能作主。夫婦倆一齊出門，她先生走在前面，她跟隨其後。有一次，閒聊中，我提起我要攜帶兩小女去東南亞旅遊，他先生剛好也在座，睜大了眼睛，揚起嗓門驚問著：「妳先生在岷尼拉忙著公務，妳將帶了兩個女兒出國去逛？」

日本和服早已被淘汰，但似乎沒有聽見過輕言細語，柔馴良淑的日本女性推動過男女平權的運動。日本的現代物質文明大部份是由西方橫移過來的，處處隱含著「反傳統」的挑戰性，但日本人仍墨守著他們本國精神文化的遺產。他們接收外國膚淺的物質文明的薰陶，但絕不輕易放棄幾百年來所遺留下來的傳統思想與價值觀。

一九八六年

驚濤駭浪中的火花

菲國的政局自二月七日大選，風起雲湧，一波又一波，老百姓心緒戚戚，杌隉不安，直至傳出兵諫，舉國上下全陷於巨大恐怖中，怵目驚心，猶如驚弓之鳥，惶惶然深怕雙方開火流血，苦熬三天朝不保夕的驚險。

這次革命，沒有流血，沒有暴力，純靠人民的力量。如螞蟻的民眾，有修女、神父、學生、家庭主婦……組成人牆，阻擋馬可仕軍人的坦克車通行，衛護與國軍破裂的軍營。那種悸人，感人的情景，在人類歷史上，堪稱空前。

尼蕊・阿謹諾是一九七二年自由黨最有希望的總統候選人，才氣縱橫，無人匹敵。他給我留下最深切的印象是當年他訪問臺灣回菲後，上電視報導時，因要講的材料太豐富，而又迫於時間的限制，那非凡的口才如水龍頭一扭而瀉，叫人聽得目瞪口呆。他在生時，我見過他一次。一九七二年馬可仕（Marcos）宣佈戒嚴，被關進牢獄的第一個政治犯乃尼蕊・阿謹諾；後來，他在牢裡患心臟病，獲釋前往美國治病。一九七九年五月我與外子赴美時，恰與阿謹諾夫婦同機。我們的座位是第二排，他們的則是最後一排。當時，我很想多看他幾眼，卻不好意思頻頻掉頭去正視人家。飛機抵達檀香山時，他在座位上靜待其他乘客先下機。路過他的座位時，我的兩道目光直射在他身上，他身邊的珂莉我一眼也不看。想不到今日躍登總統寶座的不是尼蕊，而是珂莉。

珂莉出身豪門望族，畢業美國紐約一家不知名女子大學，主修法文，天生賢妻良母典型。一九八三年尼蕊自美返國，在機場遇刺後，珂莉始受矚目。去年十二月馬可仕宣佈一九八六年二月將舉行「提早選舉」，反對黨認為候選人除了珂莉外，無出其右。他們期望依靠珂莉的「同情票」（sympathy vote）壓倒在任的馬可仕。不怎麼熱中於政治的珂莉，考慮復考慮，她的條件是要有一百萬支持者的署名，她才答應。我的鄰居好友是珂莉的支持者，曾經送來一張白紙，要我家所有男女傭僕簽名支持珂莉競選總統。

今年正月底是這次選舉運動的高潮，咖啡館、酒樓的熱門話題不外選舉一事。珂莉在大岷區的聲望轟轟然如日出，馬可仕卻成反比例，主因當然是近年來菲國經濟崩潰，民生困苦，一般人對馬可仕大失信心。雖然明知正正當當的選舉，馬可仕是輸定的，又預測不了到時候鹿死誰手。大家都猜想馬可仕「袖子裡有一張牌」，卻猜不出是甚麼牌；於是流言四起，有人說：「馬可仕到時候會宣佈大理院不承認不合憲法的『提早選舉』，藉口作罷。」又有人說：「馬可仕到時候會到處扔炸彈，製造緊急混亂狀態，藉機宣佈軍事戒嚴。」更有人說：「到時候，馬可仕會故作病危不起，馬可仕會變成馬可莎（Marcosa）（註一）。」街頭巷尾，七嘴八舌的，也真夠刺激！

外子業廣告，與歸屬政府的四號電視臺有業務上的來往，我們因而希望馬可仕連任，以免影響外子的業務。我們的朋友八成是黃色的，但我們從不諱飾我們的立場。有趣的是我的黃色朋友中（註二），有服務於珂莉十字軍的，竟不問青紅皂白的要我在選舉那天替珂莉預備兩百人吃的三明治。

「各守陣地嘛！」我打趣的反駁著。

「我們奉命要預備十萬人吃的三明治，發點慈悲心，幫幫忙吧！」人到底不是泥土塑造的，心一軟也就唯唯諾諾的答應了。

英國人有一句話：「失敗者淪為孤兒，成功者有太多父母。」珂莉最大的支持是人民的力量，但我相信那數以百萬的民眾自身對高莉並無任何奢求，他們對國家的希望全寄託在珂莉新政府上面。珂莉任重道遠，辛苦的日子還在前頭呢！我為她祈禱，為她祝福！

銅元的背後是悲劇的主角馬可仕。一般人無不為他突於七十二小時內被迫下臺，草草了結廿年政權的悽慘收場怵然震動。使我訝然佩服的是他應付在朝暴風暴雨最後幾天的風度。二月中選舉結果宣佈後，反對黨大力抗議。馬可仕數次接受記者訪問，外國記者態度之魯莽，問題之無禮，皆非普通人所能容忍。馬可仕卻自始至終，保持冷靜，鎮定，即使理屈詞窮，仍泰然自若，應付如流。二月廿五日，大部份軍人都投靠新國軍，馬可仕窮途末路，乃直接打電話給國防部長茵里例，詢問道：「我若下臺，我與我的家屬有何保障？」

當天中午如期宣誓後，步出陽臺高呼口號時，他照樣保持凜然不可侵犯的尊嚴。佇立在側的伊美黛則面容憂戚，掩飾不了內心的巨痛。人乃血肉之軀，在驚濤駭浪的逆流中，能不被內心的感受所吞噬，那應該是久鍊成鋼的。

二月廿五日美國駐菲大使傅斯華為庇護馬可仕逃亡美國，趕到總統府。據說，當時馬可仕乞求他轉告珂莉允許他退回他的家鄉，傅斯華大使很不客氣的喝喊著：「不行！不行！」妻兒苦苦泣求馬可仕赴美避難，他仍無動於衷。最後，他是在鎮定劑的效力下被抬出總統府的。又據說，馬可仕的大女兒愛美知道大勢已去時，有意勸服其夫婿帶領兩幼兒先離去，她則死心塌地的要守候其父，即使同歸於盡，也心甘情願。那份孝心，感人肺腑。

外子與四號電視臺的幾位負責人私交甚篤。他們在馬可仕政權下是電視界呼風喚雨的人物，時時來往穿梭於總統身邊。馬可仕在總統府的最後一天，他們仍隨侍在側，效忠到底。那種有始有終的精神，令人欽敬。據他們說，馬可仕宣誓那天，總統府賀客稀稀寥寥。那些名公巨卿，豪門大賈那裡去了？還有那些到處追隨伊美黛，濃脂豔粉，鑽寶盛飾的藍貴婦呢（註二）？

人世間的寡情薄義，稀奇嗎？

一九八六年

☆註一：即指伊美黛，西班牙文裡，女人名字最後的字母大多是A字。

☆註二：高莉選舉運動的顏色是黃色，其支持者的穿戴盡是黃色的。

☆註三：廿年來周旋伊美黛身邊，奉陪她吃喝作樂者均稱Blue Ladies。

一場夢魘

去年十二月兵變時，近在咫尺的馬卡地商業中心忽被叛軍盤據，他們與國軍交火的槍聲響得像中國鞭炮，砰砰啪啪，不絕於耳。子彈漫天飛舞，有的竟墜落在鄰近住家的庭園裡。我有一個朋友住在馬卡地商業中心對面一座巍然高聳的公寓裡，她的傭人好奇使然，佇立窗口，欲探望一下叛軍的行動，未料一顆子彈自窗外飛速的襲來，穿過她的手臂。如今憶起，猶有餘悸。

被困圍那四天，電話，電線全被切斷，恍如隔世。較早，電話鈴尚會響時，住在仙範市的大姐焦灼的來了電話，苦口婆心的一定要我們搬到他們那兒去「避難」。當時全村子裡確有廿幾家「避難」到他處去。烽火戰亂時，血親之情彌足珍貴。大姐的關懷，我無不刻骨鏤心，但是我保持鎮定，因為美國大使館官邸就在村子裡，我很有信心國軍會給予至大的保護。馬卡地淪為戰區時，本村子入口處的車路全被阻擋，且有大批憲兵守著。其實，叛軍移至馬卡地時，其勢力已失控，只不過支撐殘局而已，我預料不會持久，除非他們把四家五星飯店的遊客全部扣留下來當人質，那就會拖得沒完沒了。謝天謝地，叛軍不出這一招。

那場兵變戲劇性的結局頗使一般民眾愕然，雙方面的代表在洲際大飯店談判了幾次才達成協議，報紙上竟對叛軍投降的條件隻字不提；而他們又是在歌聲笑語中步回軍營，完全沒有打敗仗沮喪的神態。

第六次兵變流產，塵埃未定，第七次兵變已在預測中，流言蜚語，無處無之，令人為菲國變幻莫測的政治局勢，心頭慄慄。朱莉沓莎幾個禮拜前在她的電視節目「佈告大眾」，邀請過幾個占卜師絮絮叨叨菲律賓的國運。其中一個謂菲政局三十三天內仍會有動蕩。另一個說何納桑短期間內可能會被逮捕，否則就難了。還有一個稱一九九二年的大選，不會有阿奎諾的名字……對諸此捕風捉影的卜測，我們只能淡然置之，但聽多了，難免為多事之秋的阿奎諾政權惶惶不安。

一九九〇年

第二輯　暖暖的家人家事

送學記　其一

去年十二月，兩個女兒回家度年假。要她們自己返校過嚴冬，我本已忐忑不安，恰又閱讀到世界新聞報導，今年北半球鬧寒流，歐洲異寒，美國奇冷，雷根總統就職典禮被迫在室內舉行。我即刻打長途電話給波士頓的朋友，詢問當地的氣候。她脫口就怨歎著：「凍死了，零下十五度！」我乃決定，非跑一趟，精神不得寧定。

秋冬的異趣

美國東北部四季分明。去年八月護送兩個女兒去美國上大學，十月要離開時，已逢秋季，樹葉到處皆呈黃、橙、紅深淺不一的色彩。北國綺麗的秋景，至今難以忘懷。老大的學校蒙荷利約克學院較靠鄉野，老二的學校衛斯里學院則在波士頓近郊。兩校相距六、七十哩，車路大約三個鐘頭。當初為了要替她們安頓一切，常孑然一身，獨來獨往於兩校之間，我卻把它視為賞心樂事。車子疾馳在公路上，我可以欣賞大自然眩麗的景色。沿途樹叢夾道，豔紅的楓林耀眼得恍如火燄。歷身在那絢爛的秋色，那真是大飽眼福。沒想到三個月後，我又回到麻州，置身在天寒地凍的隆冬。來自常年如夏的亞熱帶，能品嚐到秋冬的異趣，能不興奮激動？

我們於正月廿四日啟程，抵達波士頓時，天色已暮。我本想，若下大雪，車路濕滑不好走，就先在機場附近的希爾頓飯店過夜。結果一步出機場，雖是寒氣迫人，馬路上卻乾乾淨淨的，毫無雪跡。我因而臨時改變主意，僱了一部車子直驅老二的學校，投宿在該校校園邊的衛斯里學院俱樂部。經過廿二小時飛行，我們母女三人都已疲累不堪，打了個越洋電話回家向外子報平安後，立即熄燈就寢。第二天早上起床，掀開窗簾，喜見地上雪積盈尺，空中雪片飄飄，我不禁被震懾住了！原來雪一夜無聲的，綿綿不絕的下著。

雪中遇貴人

窗外的雪越下越大，老二要搬宿舍，刻不容緩。我們仍然風雪不阻的趕到老二的舊宿舍收拾東西。皮箱紙箱一大堆。下了電梯，連拉帶扯了許久，才到大門口；還要冒著大雪搬運到近在咫尺的另一宿舍，真叫我手足無措。美國學生很樂意幫人，但學校尚未正式復課，返校的學生寥寥無幾，到那兒去找幫手？我忽然想起校警的車。衛斯里學院的治安設備很完善。夜裡學生在圖書館或實驗室做完功課要回宿舍，可以打內線電話到校警處，請他們派車來接送。我乃厚著臉皮打電話到校警處求助。他們回答說，學校無此服務。後經我力言相勸，他們終於答應了，我才噓一口氣。搬運時，衣箱雜物太多，一車子擠不下。我惶急得不知如何是好。多蒙那位校警大賜恩典，自己開口願意再跑一趟，使我喜出望外，衷心感激。後來，我掏出一張十元美金欲想酬答那位校警。他朝我看了一眼，堆上客氣的笑臉，搖搖頭婉拒我的盛情，回身闖進車子，飄然離去。站在我身邊的老二，低首咕嚕著：「要在咱家，十元美金可能還嫌少呢！」

為女兒奔波

去年兩個女兒的學校剛開學時，我晃來轉去的忙得不可開交，非但要購置她們宿舍裡的必需品、床單、被窩、窗簾、紙屑簍、洗衣籃、桌燈、打字機……，還要替她們預備寒裝、大衣、長短夾克、毛衣、雪帽、雪靴子、手套、圍巾……等。每天窮逛各百貨公司及購物中心，令（手旁）著大包小包的晃蕩著，叫我昏倦得晚上連報紙都不想看。閉上眼睛，頭腦裡想的盡是她們穿的、用的。今年正月回去，倒悠閒多了，每個校園住下一、兩個禮拜，慢慢觸摸，慢慢體味。

美國「七姊妹」

蒙荷利克學院與衛斯里學院皆創自十九世紀，校園很具新英格蘭古色情調，建築物全是用石磚砌的，座座巍峨壯麗。校園面積廣大，有明如鏡的大湖，有一大片一大片的草坪，有高叢濃鬱的樹叢。教授們都是碩學宏儒，居多是出身名校的博士。兩校均屬全美七大女子文理學校，通稱「七姊妹」。每校都有一百年的歷史，學校水準至高，聲譽卓著。「長春藤」大學尚未兼收女生以前，許多美國女孩子求學的大志都是要考進「七姊妹」。其實目前已減至五姊妹，因為Radcliffe College已與哈佛大學合併，而Vassar College，前美國總統夫人傑卡琳．甘迺迪的母校，已開放為男女同學。其他五校是Wellesley College，蔣宋美齡的母校；Bryr Mawr College，外國學生收得很少，亦即老大最嚮往的學校，但未被錄取，傷心得哭了大半天，老二倒被錄取了，因該校地點不夠理想，只好放棄；Mount Holyoke College，美國名女詩人Emily Dickenson的母校；Smith College，已故散文家吳魯芹的女兒就在該校肄業，據他生前自己說他是為女兒的教育才移居美國；與Barnard College哥倫比亞大學的女校。去年我第一次涉足到衛斯里學院的校園時，經不起好奇心的挑釁，興味昂然的去拜訪各主任，談談有關該校的各種情形。閒談中，我發現「七姊妹」尚被掛在嘴上。這次老大告訴我，三月底「七姊妹」的會議將在她們學校舉行，各校校長將出席參加。

蔣夫人母校

唸書時代，美國「七姊妹」，我最耳熟能詳的是衛斯里學院，大概因為她是蔣夫人的母校。我與蔣夫人共宴過，她略帶波士頓語音Bostonian accent的英語，深深的烙印在記憶中。兩次在衛斯里學院闖蕩，最使我流連多時，不忍遽去的是Board of Admissions的會客廳。該廳的兩邊擺設著一對明代瓷象，靠右的那隻白象的木座上刻著：獻給宋美齡一九一七，亦即蔣介石夫人。壁上懸掛著四幅蔣夫人的四季畫。蔣夫人是衛斯里大學最傑出的校友之一，她是先蔣總統的外交聖手。該校很引她為榮，還創有宋美齡獎學金。

兩校的差異

衛斯里學院的學生一般的妝扮非常得體入時，有的還戴了珍珠頸鍊去上課，潛流著一股貴族的氣質。可別小看那些愛打扮的小妞！據她們的入學主任稱，該校每年所錄取的新生大半是各中學前十名的畢業生。蒙荷利約克學院學生的穿著則較是美國年青人那種隨隨便便的風格，盡是千遍一律的牛仔褲，配上寬鬆的運動汗衫。然若論學業程度，後者並不亞於前者。

老大的天地

老大事事抱著追求真理的精神，所選修的是純理智的哲學。她對哲學有驚人的胃納，課外潛心勤讀哲學書籍，教書著述是她的宏志。修完了一學期，她非常滿意蒙荷利約克學院的學術水準。教授對每個學生的程度與需求都很有認識。有一次，老大的哲學教授不事聲張的上課時，忽然宣佈：「今天的課是德國哲學家尼采。我們班裡有人對他的哲學有很正確領悟，現在請陳某某為我們介紹尼采的哲學……」該教授賞識到老大賦性穎悟，興趣濃厚，特為她另開一課。如此虔誠的教學精神，令人仰慕不已！

送學記　其二

初嚐嚴冬

蒙荷利約克學院坐落在麻州西部的村野，較接近大自然，逗留其間，更能意味到嚴冬凋零的景色。雪覆大地，滿樹禿枝，只有那挺拔古拙的松柏，蒼鬱而不枯。此時此景，遙憶起清朝名家董邦達的鍾陵雪齋圖，歷歷如繪。

新英格蘭州冬天的氣溫普通是華氏一、二度左右。一起風，就會降至零度以下。在街上行路，尼絨大衣、雪靴子、手套、圍巾、要穿得硬梆梆的才夠禦寒，一刮起大風、更要把脖子用圍巾裹得緊緊的。以前我還以為手套和圍巾是多餘的裝飾品。這次趕快給孩子們多買幾套。最冷的是我離開老大的學校，回衛斯里學院的那天。當天早上老大要上課，不能送我。我獨自踉蹌地踩在半融化的冰雪裡，徐徐步出她們校園。途中一陣陣猛風，咻咻呼嘯著。凜冽嚴寒，冷得我透不過氣來。要微張著口，力爭呼吸。我的手腳凍得發痛，腳上穿的還是皮靴，手上的皮手套裡面還是皮毛的。冰冷的風吹拂在臉上，面頰乾巴疵咧得像要裂開似的，鼻子差點給凍傷了。據說當天的氣溫降至零下十二度！

時髦的冬裝

貂皮大衣在新英格蘭州冰天雪地的嚴冬，不見得是奢侈品。香港的富婆在十一月，展出貂皮披肩進出於冷氣的餐廳，那才荒唐之至！其實貂皮大衣也要適時適地才能派上用場。披上貂皮大衣上速食館，逛超級市場，豈不大殺風景！我在波士頓的好友，閻醫士，原籍北平，她先生是物理學家，自己卻在哈佛大學的公共健康研究院從事研究工作，所來往的都是波士頓醫學界的名流，所住的高尚住家區，他們是唯一的東方人。美國教育水準高超，擠身其中，在各方面能與他們並駕齊驅，被他們接受，那是值得驕傲的。閻醫士告訴我，去年十二月她去觀賞來自歐洲芭蕾舞團的表演，與會的女性貴賓身上穿的都是貂皮大衣，不由使她形如「打雜女工」。嗣後，她也去買一件，以備下次參加音樂晚會穿。

貂皮大衣顯然是上流仕女時髦的冬裝，而美國中等社會裡時興的女寒裝乃是腿上高至膝蓋的皮靴。我在蒙荷利約克學院時，下榻在位於校園裡校友會的招待所，裡面的客廳、餐廳、咖啡廳、幽雅舒適，房間寬敞潔淨，且備有五彩電視機。每逢窗外雪花輕緩的紛紛飛舞，厚厚的堆積在枯枝上、屋頂上、與地上、我就不想外出，手掐著一本書，安閒的坐在客廳裡火光閃閃爍爍的火爐邊，消磨一個早上。靠近中午，餐廳裡的各種午宴會使寧靜安恬的客廳喧嘩吵鬧起來。走進來的女客人，十個有八個，腿上都展示著款式不一的長靴。普通一雙皮靴要兩百多元美金，來自歐洲的名牌則要四百元美金。我頻頻把視線往下移，注意到有高跟的，有低根的，有圓頭的，有尖頭的，有帶拉練的，有沒有的……其實她們都是開車來的，室內又有暖氣，那雙昂貴的皮靴純粹是時尚的裝飾品。

求學當娛樂

去年九月我在衛斯里學院拜訪一年生的主任時，她熱誠的歡迎我上課旁聽。當時我忙著為女兒跑商店，定不下來，無法靜心上課，只旁聽過老二的中文課。老師，河北人，是臺灣師範大學院畢業的法國華僑，一口漂亮的家鄉話，叫人聽得好過癮。課本是耶魯大學出版的《現代中文學讀本》，裡面有徐志摩、謝冰心、艾青、胡適以及其他作家的詩與劇本。二月中回到衛斯里學院，我告訴老二我要去上課。她給了我一本課程目錄。細閱後，久久舉棋不定，心儀的科目太多了。有的因為時間上的衝突，只好割捨。所選定的五個科目是「歐洲近代史」、「英文小說史」、「在革命中的中國」、「中國古典文學」和「中國的文人畫」。

為了遵從禮節，每上課前，我必先向各科目的教授自我介紹一番，他們總是滿口歡迎。

「歐洲近代史」的教授Zatny先生是賓州大學的博士，衣著很講究，帶著蝶形領結，配上一件色澤鮮豔的羊毛衣，頭髮梳得平平光光的，一身的裝束俏似四十年代荷里活的明星。那位先生講課非常認真，所講係關於十八世紀歐洲的經濟演變。由於瘟疫的減少，交通的進步，死亡比率大跌，人口劇增，生產力因而提高。農業的商業化引誘人民移往都市，資本主義遂然興起。打從學生時代起，我就很好歷史，巴不得留下來做正式的學生。

「在革命中的中國」在我預料中是關於「新中國」。我本不太熱絡，只因教授Cohen先生是哈佛大學的博士，哈佛大學是美國首屈一指的學府，出自該門牆者定是飽學之士，我乃滿懷熱衷的去上他的課。Cohen先生口唇上面長了濃濃的髭鬚，一頭蓬鬆的頭髮，似未梳過，誠然是一般學者不修邊幅的風度。他從同治年間的種種改革、講到一九一一年清朝的倒塌。從他唸「同治」、「李鴻章」、「袁世凱」、幾個名字、發言之準確順耳，不難猜出他會操華語。下課時，我趨前向他請教這科目的範圍，他肯定了我的印象。為了使學生明瞭歷史的因果，他遙從十九世紀講起。我很想和他多談，但他還要趕下一課，我只好告別了。

「英國小說史」分三課。第一課是從十八世紀Richardson開始；第二課是從十九世紀Bronte開始；第三課是從Conrad開始。我對維多利亞時代的小說最感興趣。

由於時間上的衝突，我只能選上第三課。該課的教授Harman女士是文學博士，文謅謅的，講話清晰悅耳。上課時，她不斷的為學生們指點她們剛閱讀過Conrad的作品「黑暗之心」，裡面故事敘述的複雜性，作者如何用高度的技巧把故事很神秘的洩露出來。寫過長篇小說的都知道小說家一個很大的困難是如何把腦海裡編好的迂迴曲折的故事很藝術化的呈現給讀者。靜坐在課室裡旁聽，我腦子裡癡癡的想，若果能把課室外的凡塵拋之遠遠的，長久坐在課室內吟風弄月，那多好！

「中國古典文學」的教授Crook先生乃出身英國倫敦大學，煦煦儒雅，一口正宗的北京話，舌頭捲得厲害，叫我一時拿不出我的南方國語，寧可以英語與他交談。他的外型與Cohen先生相差不遠，頭髮捲曲蓬亂，一樣留著八字型的髭鬚。那天早上的課是史記卷上、項羽本記「鴻門宴」一節。授課時他先介紹史記，然後在「鴻門宴」上一句一句的解釋。Crook先生是在北平長大的，父母是傳教士，無怪乎講的是純正的京片子。我很想約他到他辦公室採訪些他的背景；但下課時，學生一個個包圍著他，看他那麼忙，我只好依依不捨的離去。

送學記　其三

做夢也沒想到能在衛斯里學院上有關中國古畫的課。教授Clapp女士是哈佛大學的博士。滿頭銀髮，她是斯斯文文的女藝術教授，所教的許多課，諸如「意大利文藝復興時期的藝術」、「藝術歷史」、「歐洲與東方的近代藝術」……我都很感興趣，只是時間湊不來。「中國的文人畫」一課長達兩個小時半，一個禮拜只上一次。當天Clapp女士所講的是元朝的花卉和竹，畫家包括錢選、趙孟頫、王蒙、吳鎮……等蓋世名家。每個畫家的作品都有幻燈片示範。上課時，我一直處於極端興奮的情緒。研究中國藝術，除了早年受先父的薰陶外，全靠自己四處摸索的累積，能安祥的在課室裡聆聽有系統的講授，那是一種多大的享受！我對衛斯里學院的學生真是羨慕有餘！

訪文明藝術

旅美的最後一個週末，我帶領兩個女兒住進波士頓鬧市的五星飯店。她們平常住在簡陋的宿舍，能出來換個環境，何樂而不為？然姊妹倆手提袋裡全塞滿了書本，因為功課繁重，對任何山水勝處都乏興趣，只想深閉在旅館裡讀書。我要作自己的打算，波士頓藝術博物館，我早已耳有所聞，乃乘機隻身前往參觀。孩子們小的時候，我事事皆採取命令式的。他們學鋼琴與芭蕾舞都是被逼著學的；雖不成器，尚能培養出古典音樂的欣賞力。一九七九年漫遊歐洲時，參觀各大博物館，她們一定要跟隨在我身邊，從十五到十九世紀的西洋藝術，她們都不至於太陌生。兩個女兒現已屆大學年齡，求知的慾望大不必我操心！

我早上十點半到波士頓藝術博物館。十一點先有嚮導引帶參觀者走馬看花式的巡禮一下該博物館的各部門。繞過中國雕塑品的陳列室時，那位嚮導在一尊宋朝的木雕前面停下來，扯著嗓門告訴參觀者，有一次邱吉爾在波士頓開會，特別撥冗來該博物館參觀。舉目覺察到那尊觀音菩薩慈祥安寧的面容，掉頭向他的隨員要了一把椅子，與那尊菩薩塑像面對而坐，細細的端詳，默默的凝思，久達廿分鐘。臨走時，津津樂道：「這是我波士頓之行，最有意義的經驗！」邱吉爾智慧之深，悟性之高，可藉此略窺一斑。

十二點在印度館有專題演講：「亞洲的佛像」。主講人是一位哈佛大學的日本小姐，嬌麗俏小，口才極佳。因講得太精彩，她一講畢，我便迎前盤問她的學歷，並與她閒聊一陣子。原來她在哈佛大學已修完碩士，目前正在拿博士，研究的是東方學。她喟嘆著：「這學問又廣又深！」

「單只是中國與印度就不得了！」我有意附和她的調門。她點了點頭，表示同意。

在麻州，美國一流大學最多，所以波士頓學術風氣很盛。該博物館每禮拜有數次專題演講。再一個禮拜那位學問淵博的日本小姐將講「韓國的藝術」。只可惜身為遊客，無此耳福。

據嚮導稱，波士頓藝術博物館的埃及收藏是開羅以外最豐盈的。為了要陳列幾對幾十尺高石雕的埃及人像，其中一埃及陳列室的地板是特別設計的。又聞說日本政府獻捐給波士頓藝術博物館一筆鉅款，該博物館因而延聘兩位日本古董專家，大量收買日本古董。因為時間精力有限，又居於「血濃於水」的感情，我一心一意只想細觀舉世無敵的中國陶瓷與古畫，以及該博物館著名的油畫收藏。

中國的文物

波士頓藝術博物館所收藏的中國古物很可觀，共有九個陳列室，所展出古寶，有青銅器時代的藝術品，佛教與道教的藝術品、雕塑品、陶瓷、古畫、漢器、玉器等等。陶瓷收藏中很引我矚目的是兩件早期的越窰：一件是西晉的，另一件是南北朝的。在菲出土的中國陶瓷中也有越窰，然多出自北宋。去年十月初，波士頓藝術館所展覽的中國陶瓷櫥窗裡有唐三彩，也有不少宋瓷，包括越窰、鈞窰、定窰、青白瓷和青瓷。元瓷則只有一件青白瓷梅瓶，和一件青花梅瓶。後者腹部畫的是劉備三顧茅蘆的故事。數件明瓷中，以青花瓷最多。有一間「清」室，專門展覽清朝的珍品。入門處懸挂起著一幅道光皇帝的墨寶，娟秀瀟灑。瓷器多屬康熙、雍正、和乾隆，雍正瓷尤多；其中尚有幾件十八世紀的德化白瓷。

波士頓藝術博物館所收藏的中國古畫，很夠水準，所展出精品皆是明清大名家的真蹟，諸如仇英、項聖謨、董其昌、文徵明、周臣與李因等的名作。仇英的青綠山水有中軸，也有手卷。所展示的手卷還是仇英有名的石青石綠的山水畫，清麗絕俗。徘徊其中，令人神往。

我常在參考書本上閱讀到中國外銷西洋的貿易瓷，造型、釉色與紋飾全受貿易商的指定。這次有幸目睹到這類的貿易瓷，那是波士頓望族捐贈的：有大大小小的瓷瓶，有整套的瓷碟、瓷盤、都是乾隆年間製的，完全西洋風味。瓷碟瓷盤彩色的配合有黑與白，黑與金色的。釉上飾有耶穌的最後晚餐，以及各種人物的繪畫，有趣的是釉上所紋飾的人物，鼻子大得出奇，與整個臉孔全然不勻稱。中國瓷匠大概不太熟悉洋人的外貌、只能胡猜！

西洋的名畫

為了要容納龐大的油畫收藏，波士頓藝術博物館特別在該博物館邊側闢造一座很現代化的建築物稱之為伊敏示館（Evans Wing）。天花板是透明的玻璃，使觀賞者能享受到自然的光線。記得巴黎的羅浮宮，一部份畫廊也有如此設計。伊敏示館入門處懸掛著一幅巨大的油畫，是十九世紀美國畫家Sully的作品，所畫乃華盛頓苦渡Delaware河之景、逼真生動。因油畫面積過大，賣不出去，畫家無可奈何，只好以畫框的價格賣給波士頓藝術博物館。伊敏示館左側的牆上展示著一幅價值連城，十七世紀Flemish名畫家Rubens的傑作。記得一九七九年在歐洲航遊萊茵河，是在Rotterdam下船，離Rubens的故鄉Antwerp很近。我很偏愛曠世的Flemish畫家，他們有一共同的特色，即精於繪錦緞、絲綢等織料，流露出一種華麗輝煌的氣味。這次特別攜帶兩個女兒乘坐火車到Antwerp過夜，為的是要參觀Rubens的故居。晚飯時，老大叫了一客生吃的達達兒牛排，夜裡一陳急似一陣的嘔吐，一夜折騰到天亮。翌日她全身衰弱無力，我當時心裡覺得很悽惶，參觀Rubens故居的情緒全被泯沒，自嘆與Rubens無緣。

伊敏示館有很豐富的迷迷濛濛的法國印象派的收藏。單只Monet的，就有四十幾幅，其中有不少冬天的雪景，放眼望去盡是白茫茫的一片，冬天看冬景，更覺荒涼落寞。所有十九世紀知名的法國印象畫派畫家例如Monet、Manet、Degas、Renoir、

Cezanne……等的作品都有展出，且有數幅屬於同一時期，終生鬱鬱不得志，荷蘭畫家梵谷的畫品。較古的大藝術家Old Masters的作品的陳列室在整理中，看到的只有幾位十五世紀意大利大藝術家與十七世紀西班牙不朽藝術家Velasquez與El Greco（原籍希臘）的傳世之作。伊敏示館設有美國室，專門展覽十八、十九世紀美國名畫家的作品，有山水、有寫生、有人物、其中以畫像最多，風格很受十八世紀歐洲藝術家的影響。美國兩個最突出的畫像藝術家是Stuart（1755-1828）與Copley（1738-1815），該博物館擁有很多他們的畫。

觀後留餘味

看看手錶已四時半，很想再盤桓下去，然已覺精疲力竭，只好打電話叫輛的士回旅館。在文明藝術裡沉浸六小時，歸途中，在車上，覺得好像走過無窮無盡的歲月。

一九八五年

心窩裡的絲絲暖意

某某攝影師給我拍肖像時，我本欲想定兩張，並非我有宏大的虛榮心，要客廳裡的牆壁上觸目皆是我的肖像，而是擔心將來我作古後，兩個女兒會為這張肖像打官司。她們絕不會為我的珠寶錢財而鬩牆；可是，我的肖像，她們一定搶著要，因為姊妹倆同樣的愛媽媽。

我婆婆雖是念私塾的，在生時，卻很洋派，而且很開明。三個兒子結婚後，都讓他們在外面自己組織小家庭，所以我一向是逍遙自在慣了。想不到近年來，家裡卻出現了兩個「小婆婆」，我每天的活動都要受她們的過問。白天的約會，兩個女兒放學回家，我要一五一十的向她們報導。我所有的中外朋友，她們都似曾相識。晚上的應酬，要不事先宣佈，給她們心理上有個準備，到時候，她們會蹺著口唇，怨言怨語。姊妹倆夜裡各自在房裡做功課，我若不在家，她們可會張大耳朵，等著我回家的腳步聲。

我一身的打扮，不管是上那兒，開會或赴宴，常要受她們評頭論足。在溽暑天，我身著露背裝去多數是外國人的場合開會。老二皺著眉毛，叮嚀我道：「這只能在馬加地穿喲！」

我的一舉一動，一顰一笑，盡在她們兩個人眼內。有一次，外子剛好出國，自由大廈舉行文藝講座，主講人是頗有號召力的雜文高手——丹扉大姐。當晚，摯友謝馨來我家接我去聽講。講座結束後，謝馨一片熱忱，要請丹扉大姐吃宵夜。於是，大夥兒一齊被請到香洋海鮮樓去，搞到半夜十二點多才散場，這可急壞了我家的一對「小婆婆」。她們到底不傻，知道名作家丹扉口才再怎樣好，也不會講三、四個鐘頭。可是，夜已深，媽媽遲遲不歸，姊妹倆又急又惶，不知所措，只好打電話到謝阿姨家去詢問。發現她也還沒回家，才放下心。第二天，謝馨打電話來訕笑我：「人家是夜裡媽媽找孩子，妳們家是孩子找媽媽，好稀奇啊！」

媽媽的生日，在她們姊妹倆是一年中的大日子，總是記得牢不可破。有一年，我們在西班牙馬德里，我生日的前兩天，時年十四歲的老大早已跟旅館櫃檯的人商量好，要他介紹一家情調幽雅的飯館，且托他代訂檯子，準備替媽媽祝壽。其實我並沒有那麼注重自己的生日，我又不想澆女兒的冷水，只好隨她們去安排。當天晚上，我們母女三個人盛裝在若明若暗的燭光下進餐時，我的五臟被女兒的愛填得滿滿的，幾乎嚥不下所點的菜。翌年夏天，我和外子在美國。媽媽生日那天，姊妹倆買了一塊生日蛋糕，然後，打電話到「何先生」的餐館訂了一整隻舅舅喜歡吃的烤鴨，和一道麵，送到舅舅家去。另外又訂了好多美餚，邀請祖母與三位姑母來家慶祝媽媽的帨辰。姊妹倆還為了要用那一套餐碟的問題，意見不和而吵架。兩個小大人給媽媽做壽的事，一時被家人傳為佳話。

最受我感動的是兩個女兒不但愛媽媽，而且愛媽媽所愛的人。母親的晚年，我常常回娘家，泡在她身邊，不是陪她打一、兩個鐘頭的「衛生麻將」，就是與她談天說地，一直到午飯後，她上樓睡午覺，我才回家。有一次，我出國一個多月，兩個女兒自動每週末去看外祖母，且盡量以不太流利的閩南話和外祖母聊天，尤其是好奇的老二，像記者採訪似的，查問起外祖母年青時代的種種生活情況，逗得她老人家樂不可支。這還是母親的護士嗣後向我敘述的。記得旅遊歐洲時，在意大利米蘭一家商店，看到一件很名貴，摻有金絲的毛衫，欲想買下來送給母親，只是價錢貴得令人乍舌，兩個女兒卻齊聲贊同道：「要送外祖母的，貴有甚麼關係？」母親在醫院病逝時，這兩個外孫女泣不成聲，老二哭得喘不過氣來，全身僵硬，臨時要找醫生來急診。

去年聖週，我們舉家去香港渡假，外子有事先回岷，我們三個人則留港多住兩天。遇到我吃素的日子，我本捨不得委屈兩個女兒，要她們陪我上素菜館，打算就在旅館的咖啡室，以咖啡麵包，聊度一餐。豈料她倆硬要找素菜館陪我吃素，還威脅我，說是如果我不答應，她們要罷吃！

老二很喜歡吃，無怪乎是個「小胖子」，可是，好吃的東西，要與媽媽同享才過癮。她偶而手裡拿著一包食物，嘴裡嚼個不停，一看到我，會乘我不防時，拿一塊塞進我的口裡，我就是不想吃，也來不及拒絕。晚上開飯時，我如果因接電話，或其他瑣事，尚在房裡，而餐桌上有一道好菜，老二會先挾幾塊放在我的盤子上。

有一個下午，嫂嫂送來兩個柚子，甜如蜜糖。恰遇我有事外出，老二怕我吃不到，偷偷放幾瓣在我床邊燈桌的抽屜裡。

一九七九年，我們要去歐洲旅行，母親溺愛外孫女，給她們每個人幾百元美金，當零用錢。到了羅馬，我在「古奇」商店（Gucci Boutique）瀏覽時，看上了一個漂亮大方的皮包，價錢照樣昂貴。我尚在默想，廝守在我身邊的老二，洞穿媽媽的心理，很慷慨的在我耳旁低語道：「用我的錢！」

上個月，外子要我和他一道去香港，我因有事走不開。後來，他帶了兩個女兒去。我順便擬了一張小單子，要孩子們替我買些零星日用品。他們走後，我頗感不安，心想他們只去兩、三天，何必再勞累兩個孩子？」當天晚上，外子打電話來時，我要他轉告女兒們我的東西不必買了。外子在電話上哼了一聲：「都已經買了！她們一上街就是要買媽媽的東西。」歸來時，我責問她倆：「我只要兩包、兩罐，怎麼都是買三包、三罐？是否記錯了？」老大笑瞇瞇的說：「是我們故意多買的，怕您不夠用嘛！」姊妹倆還跟媽媽客氣，出國回來要有「見面禮」。老大知道我只偏愛瑞士「仁」牌（Lindt）的朱古力糖，送我兩大盒，和一套很華麗的信封信紙，因為我喜歡講究這種東西。老二還是個小娃娃，送的禮物卻都是些很嚴肅的精神糧食。為了媽媽，跑香港的中文書店，買來一本「聊齋誌異」。她知道書是媽媽的好伴侶。除此以外，還送兩卷意大利歌劇的錄音帶，威爾第（Verdi）的名作：《力哥力道》（Rigoletto）和《遊唱者》（El Trovatore），都是我喜愛的。

姊妹倆盯視著我生活中的一點一滴。我的性格和偏好，她們相當熟悉。

爸爸曾經對我說過：「我希望將來妳的孩子長大後，能像妳愛我一樣的愛妳。」他若九泉有知，也當莞爾一笑了！

一九八三年

為人母的心聲

——給我兩愛女，佳齡與懷齡

最近，一個人在車子裡，想起兩個女孩子不久即要振翅離巢，負笈美國，到時候不但洗衣、打掃、事事要靠自己，傷風感冒更乏人照顧，心裡一陣憂悒，淚水很快的溢洩出眼眶來。

前天和外子一齊用早餐，閒談起家裡這兩個嬌生慣養的女孩子將來能否適應美國的生活，我又壓抑不住的激動起來，眼淚無聲的淌個不停。外子看見我那種狼狽的樣子，搖頭譏嘲著：「當初也是妳出的主意！」

滿懷激情，矛盾的心理，使我近月來內心不得寧靜。

孩子們一生，佔據了我生活中的大部份時間和精神。嘔盡心血，甘苦備嘗，看著她們長大，寵縱她們，也嚴訓她們，沒想到日子過得這麼快，一晃已是她們上大學的年齡了。為了她們的教育，她們的前途，我不能不割愛。一想起往後那種冷寂的日子，不禁令我感到心中一片冰寒。

猶然記得兩個女孩子初入學時的一波三折。老大入幼稚園時，參加入學考試「不及格」，差點未被錄取。當時我很替小孩子抱不平，年幼無知的五歲小孩，尚未受過正式教育，就面臨淘汰，豈有此理！經過輾轉查詢後才發現，原來是許多用手操作的難題，老大都做不完。這孩子天生有一雙不太靈活的手，但那與智力絕無相關。我煞費口舌，再三申辯，學校才答應把老大收下。她在八、九年的學程中，雖未經常名列前茅，卻是幾次作文與朗誦比賽的得獎人，曾任校刊編輯，且是學校演話劇的能手。她要轉學到國際學校時，一位老師惋嘆道：「你是本校最傑出的學生之一，妳的離去是本校的損失！」

老二雖是一帆風順的考入幼稚園，開學的頭一天卻有一番不大不小的掙扎。一進校門，她就瑟縮的依偎在我裙邊，羞怯的要媽媽在教室內陪伴著她。學校當然不允許。她很有禮貌的向老師泣求著：「請您讓我媽咪進來吧！請您讓媽咪進來吧！」躲在教室門外，窺見老二苦苦乞求的可憐相，我的心一軟，眼淚不可遏止的滾滾而下。在旁等待的許多媽媽無不楞愣的瞅著我。

老二小時候那麼膽小；數年後，卻膽大如斗。中學一年，她被班裡同學推薦代表參加朗誦比賽。老二生性內向，拙於辭令，豈能勝任！我暗自替她擔心，每天晚上飯後，必關在書房裡，耐著性子，一遍一遍的教導她；又深怕她上場時，慌張的把詩句忘掉。朗誦比賽那天早上，我悄悄地坐在觀眾的最後一排，手腳冰僵的等待她上臺。出乎意料之外，她在臺上竟然毫無畏懼不安的窘態，且能以嘹亮的聲音，熟練的把馬爾侃的詩篇，痛痛快快的表達出來，壓倒其他選手，榮獲冠軍。小孩子發育長大後，是美是醜，是強硬是柔軟，是內向是外向，我們做父母的也只能袖手旁觀！

孩子們十二、三歲時，我一時糊塗，還想把她們送往瑞士唸中學。我對她們大學教育的目標本來是英國。山明水秀的瑞士有相當嚴格的學校，據說畢業生多能考進Oxbridge簡稱「牛橋」。當時我問過兩個女孩子肯不肯去瑞士上中學。她們從小就有雄志，對我的建議頗有興趣。由是我便向幾間有名的瑞士學校函詢種種情形及入學手續等等。本來的計劃是未去瑞士時，先送她們去臺北一年，加強她們的中文基礎。一切胸有成竹，不料遭遇外子極力反對，說是我在夢遊天國，除非是鐵石心腸，絕不會把十二歲小孩，送到外國讀書。他畢竟把我從夢中喚醒，撥雲見日。還未成熟的小孩，怎好讓她們離家背親，剝去她們享受父母的寵愛與庇護的權利。學成歸來後，形同陌生人，毫無中國傳統文化裡最重要的倫理觀念，那我將罪有應得，悔之晚矣！十幾年來，她們在父母身旁得盡嬌寵溺愛，天倫之樂在她們生命所留下的痕跡將永遠鐫刻在她們記憶裡，父母親的教養更不是書籍裡所能學到的。

我一向不在乎孩子們死背書，考試時拿九十或一百分。分數單不一定能準確的測量一個孩子的才華。我所注意的是她們個人的興趣和天份；我更關心的是她們的課外讀物。這兩個女孩子均偏好文史。老大思想很成熟，書閱讀得慢，但對書中的情節和人物都能分析得很徹底。我們母女時常閱讀同一本書，以資共同討論，其樂陶陶。老大很有創作性，除了酷愛文學，亦好哲學，那是很理想的配合。世界上許多大文豪亦即著名哲學家。例如十九世紀的俄羅小說家杜斯妥也夫斯基（Dostoevski），二十世紀初的法國名作家沙特（Sartre）與卡繆（Camus）。

老二靜默寡言，學校的作業全深藏不露。我擔心對她不夠了解，曾經在她中學一年級時，竊求她的英文老師允許我閱讀老二的每篇文章。有一段時期老二很沉迷十九世紀的英國名作家狄更斯的小說。我幾次去美國，她都列了一張狄更斯的書名，要我替她覓購。在我們書房裡，狄更斯是單獨一個作家的作品收集得最多的。這個孩子轉入國際學校後，才開始建立起自信心，最後幾年常「大大方方」的把各種報告以及論文公開與媽媽共享。中英文的分數單全是A的，使我更稱心如意，喜上眉梢的卻是她的歷史論文獲得「社會科學」獎。

老大聰明活潑，多才多藝，我對她有很大的抱負。不幸畢業班那年，她生了一場大病，阻礙她出國留學的計劃。當時她缺課不止半個學期。我憂心忡忡，深恐她不能畢業，每隔一、兩個禮拜就去學校與每位老師，主任、校長商量討論。還是美國人開通，校長看在老大平時優越的功課成績上，允許她補課補考。A分數的科目卻連補考也罷了！去年我帶著沉重的心情去參加老大的畢業典禮，在臺下默默的為她祝福！

因為耽心兩個女孩子到時候考不上美國一流的大學，中學就把她們轉移到國際學校；中文則聘請大專畢業生來家裡授課。老二本很用功，讀書井然有序，幾個科目每個月必作報告，寫論文。她把一本一本的書生吞活剝，晚上伏案研讀，常要到凌晨一、二點才釋卷。有時候目睹她睜著惺忪的睡眼去上學，我心中何其難過。今年六月參加老二的畢業典禮時，看見她披上黑色的畢業袍，在莊嚴壯麗的音樂下，昂首闊步的隨著其他所有的畢業生徐徐步向臺上，我不禁想起她在書桌上挑燈夜讀的辛苦日子。那張文憑全然是熬夜苦鬥得來的。更使我安慰的是美國幾間最好的女校，她都考上了。我替女兒揚眉吐氣，興奮的眼淚盈滿雙瞳。

好的教育是「人才的投資」。我對兩個女孩子所指望的不只是能獲得精深的專門學問，且是同時能培養出對藝術有高超的欣賞力：除了喜歡法國、意大利的時裝外，尚能欣賞米開蘭基羅．雷姆卜蘭特．雷諾瓦等的藝術品；除了嗜讀言情小說外，尚能欣賞托爾斯泰、毛姆、海明威等的文藝著作；除了狂熱於狄斯古舞外，尚能欣賞古典芭蕾舞；除了心嚮花團錦簇的百老匯秀外，尚能欣賞莎翁的戲劇；除了迷醉現代流行音樂外，尚能欣賞柴考夫斯基、莫札特、巴哈等的交響曲……所幸兩個女孩子所考進的學校均屬全美七大女校，都是頗負盛名的Liberal Arts Colleges文理學院，但願她們在外風調雨順的開拓她們的天地，追求她們的理想。

一九八四年

☆註：美國七大女校（由於Radcliffe已與哈佛合併為一，現已減至六大女校）乃相等於男校的Ivy leagues，長春藤聯盟。近幾年來，很多都已變成co-ed，男女生均收。美國大學正式分三等級：most competitive（最競爭的），very competitive（很競爭的），與competitive（競爭的）。以上所提學校多屬最競爭的。

一封寫不完的信　其一

爸爸：

我剛從臺北回來。在沒有寫信向各位朋友們酬謝以前，我急著要把胸臆裡擠得滿滿的話先向您傾訴……。

曼詩世姐去年十二月應邀參加在印度和錫蘭舉行的文化協會，回臺北後，不辭辛勞，再次辦理出國手續，專誠代表中國文化大學來菲，邀請我參加該大學創校廿週年大慶。我因義不容辭，故于二月廿八日隻身飛臺，以赴翌日中國文化大學的大典。

我到了臺北，在曼詩世姐的陪同下，立刻去陽明山，謁見張其昀伯伯。他一見我，就很親切的握著我的手，久久不放，好像欲言不盡似的。聚談時，他飲水思源的說：「中國文化大學的第一座校舍，大成館，是靠妳父親的力量建成的，也就是今天的『萬里樓』……」這時候他的雙眉一蹙，手往褲袋裡摸出手帕來擦他的淚眼。稍候，他追憶起當年的風波：「有人破壞過我，警告妳父親：『你如果捐錢給張其昀，那簡直是把錢擲到太平洋裡去！』」他嘴角泛出微笑，很興奮的說下去：「可是妳父親相信我……」說著，左手輕輕的拍著他胸膛，右手脫下了眼鏡，然後又摸進褲袋裡找手帕來抹乾他盈眶的熱淚。鎮定了一下，他又把往事搬出來講：「妳父親很喜歡華岡的風景，我曾經答應過要劃出一塊地皮給他蓋一幢小別墅。他告訴我，美國回來要與我長談此事。矩料他一去不返……」他又情感衝動起來了，第三次把那半濕不乾的手帕送上來拂拭把眼睛弄迷糊了的淚水。他繼續地說：「那塊地皮現已被蓋成女生宿舍，稱為『莊萬里紀念館』。」我們敘談將近四十五分鐘。我看到他每提起您，眼窩裡就倏然淌出淚水來，不禁腸迴九轉，不忍遽去。我依依告辭時，他送我到門口，還很鄭重的在我們幾個人面前宣佈：「中國文化大學真正的創辦人是莊萬里！」爸爸，在這冷漠無情的塵世裡，張伯伯能如此念舊，實在是感人肺腑！他把您那筆捐款，替國家培育了不少人才。是他那克勤克儉，任勞任怨的興學精神，把荒山曠野變成今天人才濟濟，精益求精的中國文化大學。我真為您的有眼光，能給這麼一位偉大的人物精神上和物質上的支持，而覺得非常的驕傲。

三月一日早上九點一刻，曼詩世姐來圓山飯店，接我到華岡去參加中國文化大學廿週年校慶盛會。典禮中，總統資政張群和嚴前總統家淦獲贈榮譽博士學位。臺上參加觀禮的貴賓，包括馬紀壯、谷正綱、張寶樹、黃少谷、倪文亞、閻振興、黃季陸、蔣緯國、蔣彥士、蔣復璁、何應欽、朱匯森、鄭彥棻、陳紀瀅等，和其他長官顯要，以及各大學校長。在慶祝大會儀式中，被邀請致詞者有八位，即主席張創辦人、潘校長、張群、嚴家淦、黃季陸、朱匯森、您的代表，和吳經熊。其中張岳公年逾九十，張創辦人和吳經熊博士均年逾八十，嚴前總統也將近八十。事前，學校公共關係謝主任曾經取笑過我：「莊小姐，明天臺上講話的人妳最年輕！」我記得一九五八年菲總統賈西亞暨夫人禮訪臺灣，蔣夫人午宴賈西亞夫人，我也被列入主賓席。當時我才十幾歲，少不更事，與一般外交官太太們並肩而坐，頗覺不安。沒想到這次竟被安排在臺上，與諸黨國元老同上鏡頭，使我如坐針氈，毫不自然。爸爸，為什麼在我的人生旅途中，一路趕不上人家的歲數？

輪到我致詞時，張伯伯先到麥克風前介紹您和中國文化大學的關係。他又當眾重覆了他對我說過的：「中國文化大學真正的創辦人是莊萬里！」

我從容不迫的把要給張創辦人歌功頌德的一篇話一字不口吃的講完。在座千餘位聽眾很慷慨的給我很響亮的鼓掌。禮成後，在臺上，您的幾位老友，諸如嚴家淦伯伯、何應欽伯伯、鄭彥棻伯伯、和陳紀瀅伯伯，均前來和我握手道賀。何將軍還特別提起：「我是妳父親的好朋友！」接著，蔣緯國將軍也出現在我眼前，他一見如故的握著我的手，面龐上帶著一絲矜持的笑容，自我介紹道：「我是蔣緯國！」

當晚，張伯伯在圓山飯店特設盛宴歡迎我。我因卻之不恭，只好接受了！爸爸，我一到家，恨不得鑽到九泉下，跪叩在地上，雙手把我背回來的光彩奉還給您！

爸爸：您生前的好朋友，使我印象最深刻的是嚴家淦伯伯。他學問廣博，每次在圓山飯店請我們吃飯時，席中總是慢條斯理的談古說今，不愧哲人風範。這次我去拜謁他時，本來不敢耽擱他太多的時間，預算最多半個小時；豈料他滿腹經綸，一談就是一個半鐘頭。

他很健談。我們談教育、音樂、古瓷、古畫，因此也就談到您。他說您是他最尊重的朋友之一。他所不能忘懷的是您最後一次從紐約寄給他的一盒朱古力糖，他很被那千里送鴻毛的厚意打動。事已快隔廿年，他還牢牢記住。這幾天被我塞得緊緊的淚腺，終於崩潰了！那天下午，在張伯伯的辦公室裡，看到他老人家擦眼抹淚，我心酸得多麼想陪著他流涕，但是，我還是勇敢的強顏歡笑下去；可是，這次我再也忍不住了！我哽咽著喉嚨，向嚴伯伯認罪：「當時我還自作聰明的在旁反對過：『朱古力糖世界有名的是瑞士的，不是美國的，又何必多此一舉呢？』」爸爸很耐心的訓示我道：「人家不在乎這匣糖，這只是表示一種心意而已！物輕意重，懂嗎？」

我們踏出嚴伯伯的辦公室時，他的秘書報告說蔣緯國將軍已來兩次電話，在等著接見我們。我唸書的時代就已久仰這位英俊瀟灑的王子，如今英姿依然不減當年。雖是軍校出身，卻溫文爾雅，談吐和藹。他很客氣的預備了茶點招待我們。言談中，他的幾句話使我覺得很有風趣：「世界上有兩種人：一種是臭的有錢人；一種是酸的有文化的人。令尊大人，不臭也不酸，這種人太鮮少了！」臨別時，他忙著從書櫥裡抽出幾本他的近作送給我。

爸爸：我沾了您不少光，是您種的德，我收的福！誰無父親，我何獨幸！

三女良有叩
一九八二

一封寫不完的信　其二

爸爸、媽媽：

今年馬可仕總統的令媛愛仁于歸之喜的前幾個禮拜，記者們湧赴總統府，不疲不懈的採訪有關這樁大婚事的點點滴滴，其中最精彩的報導是總統對割愛女兒的感想。他說起初好像是被手槍的子彈擊中，一時麻木，無知無覺。稍候一時期，才頓覺劇痛不已。爸爸，這正是當年您溘逝時，我所身歷愴痛的經驗。您在美國波士頓心臟病遽發，撒手歸去時，因為太突然，我欲哭無淚。在迷迷懵懵中，跟隨哀慟欲絕的哥哥嫂嫂撫柩回菲。出殯那天，全體家族在您棺柩後步行為您送終。我因身懷老二七個月，家人一定要我陪媽媽坐車送您。我也很馴服的任人安排。媽媽沿路嚎啕大哭，我雖也噎泣失聲，仍有木偶之感。應是您入土後的幾天，我身著墨黑的孝服回娘家時，凄然意識到觸目盡是黑茫茫的，彷彿整個宇宙都籠罩著舉喪的氣氛，方才醒悟到我們一家人的悲哀。我旋即覺得黑天暗地，心痛欲絕。爸爸：您在生時，常常泰然說：「我若能活到七十歲，那就心滿意足了。」您是那麼謙虛，那麼知足！豈料您才六十六歲，一句話也來不及告別，就匆匆離去！當時我很為上蒼不公平而滿懷悲憤。在期喪年間，我拒絕與外界來往，整整的兩年不接受任何酬酢。婆家時有自己一家人的團圓飯，我也沒興趣參加，因為我在哀悼我生命中最沈重的悲痛。曾經有一段很長的時間，我每遇到有人出喪，一陣傷感會直襲心頭，情不自禁的為喪家灑下幾滴哀憐之淚。十八年了，爸爸，若想到您，有時候我還是會淚流汪汪，哭得像個小孩呢！生活的齒輪日以繼夜輕轉著，並沒有輾沒我對您的思念！

媽媽，您雖已走了三年，層層疊疊的記憶，使您栩栩如生的活在我們心坎裡。您還記得嗎，我們蓋新房子時，您一定要送我們幾株紅棕樹？因為聽說紅棕樹是吉祥的樹木，有添福壽保平安的作用。自己買的無效，要親戚朋友送的才算數，故您老催我趕快去替您定購。我走遍幾個園林才找到，有三尺高的，有五尺高的，因為價錢昂貴，我只定三尺高的。向您呈報時，您把手搖個不停，表示不贊同，一定要改定五尺高的。之後，我每次去探望您，您總是緊握著我的手，笑問：「改訂五尺高的紅棕樹了沒有？」您問五次，我五次回答「有」，直到我忍不住，皺眉問道：「這麼小的事情，為甚麼要如此操心呢？」我們喬遷時，您已不在人間，多少委曲被埋藏在胸中，只有門口前，草坪上的紅棕樹才明白我的悲傷。我幾次想抱著它們盡情的痛哭，藉以發抒我滿懷的心酸。

媽媽：我知道過年在您老人家是件大事情；吃年糕更是不可破的習俗，過年時，您總是要本身到光顧十幾年的三興珍糕餅店去採購數以百計的年糕。我與左隣右舍，遠近朋友應酬的份全被包括在內，連您家裡的工人，每個人都有一份。有一年，我佇立在您身旁，替您呼喚家裡所有的司機、園丁、廚子、守警、男女傭僕，他們一個個，笑嘻嘻，畢恭畢敬的來向您領取年糕。當時，我看到一、兩個新來的傭人，臉上掛著莫名其妙的表情，更使我感觸良深。媽媽，您把個人認為過年不可或缺的年糕，與僕役共享，照耀一堂的慈祥牢牢地烙印在我腦海裡。今生今世，每吃年糕，就會想到您偉大的仁風！

記得有一次，在佛寺裡焚香供佛後，我們正下樓要回家，在門口遇上一個裝束粗簡，滿頭鶴髮的老婦，手裡提著許多盒子綑為一大疊的檀香，口上咕噥著：「太太，是香港來的，外面鋪子賣二十二塊錢，我才賣十八塊錢，買一盒吧！」您毫不躊躇的要兩盒，然後叫我從您的手提包裡掏出一張一百元給賣香的老婦。我傻愣愣的在等找錢，您卻輕聲的催我上車。在車上，您很慈祥的解釋道：「人家要賺幾塊錢很不容易，有機會就該多賞賜一點兒！」

又有一次，您托佛寺裡的人替您送香錢到別的佛寺去，另外多給了五十塊錢，說是要給她做車馬費。「那不比坐計程車還要貴嗎？」我自作聰明的打著算盤。其實馬車一程多少錢，我並不清楚，猜想總不會比汽油貴吧！您伸手輕輕的在我肩膀拍了幾下，好像是說：「傻孩子，何必太認真呢！能多給也是做好事啊！」媽媽，您待人寬宏的度量，是我們所要學習的典範！

媽媽：您圓寂時，那美麗安祥的遺容告訴我們，您已魂歸西天，與爸爸團聚在一起。這是唯一值得我們安慰的。爸爸，媽媽：您們倆既已脫離人生苦海、得往淨土，那就好好安息吧！

三女叩

一九八三

揮淚含笑別家珍

——為捐獻上海博物館「兩塗軒」書畫藏品而作

父親在生最絢麗的精神生活是賞玩中國古代書畫。集之、愛之、藏之「兩塗軒」——他的書齋。悠閒時盡情遨遊於「兩塗軒」裡的書畫藝術境界，樂此不疲，那應該是他生命中最大的享受！後來因為藏品數量不薄，讓他不能釋懷的是如何為他所迷戀的書畫安排一個理想的歸宿。一九六五年父親在紐約參觀世界博覽會後，北上波士頓探友，不料心臟病突發，一句話也來不及囑咐即遽逝，適時方六十六歲。走得太早，去得太匆促，三十多年來沉壓在我心胸裡的一大塊石頭也就是如何處理父親留下來的文物遺產。

「兩塗軒」藏品歸宿的探索

八十年代在倫敦大學，亞非學院念碩士時，經常步行到鄰近的大英博物館去找參考資料。觀察到裡面東方陶瓷部一些精品都是英國著名收藏家捐贈的，能給大眾觀賞，且能供學者研究。藏品藉著博物館多元的功能發揮了很大的作用。我從中擷取不少靈感。把父親所收藏的書畫捐獻給一個世界級博物館的意念因而滋生在我腦海裡。

放眼世界，思考了幾年，最初看中的是世界聞名的紐約大都會藝術博物館（Metropolitan Museum of Art，New York）。不是崇洋，也不是媚外，我所仰慕的是西方人的學術精神。英國人為我們造就古陶瓷專才，美國人為我們栽培古書畫專家。當時方聞教授是紐約大都會藝術博物館東方藝術部的風雲人物，影響力極大。他是中國古代書畫與青銅器專家，在長春藤盟校普林斯頓大學授課，與在堪薩斯州立大學的李鑄晉教授（已退休），還有在加州大學柏克萊分校任教的James Cahill，堪稱為美國三大中國古代書畫權威。我曾經去紐約拜訪方教授，他還親自陪同我去普林斯頓大學參觀該學系的研究室。走到沿牆的一排櫥子，他一個個打開，讓我看裡面懸掛得井井有條，許許多多以特厚膠紙保護著的中國傳統書畫複製品，臉帶笑容對我說：「這都是研究生的參考資料。」我愈看愈感動。

紐約回來，對於探索「兩塗軒」藏品的歸宿，做了慎重思量。除了港、臺之外，其中好多藏品父親是購自日本的。日本人癡迷支那文物，流落東洋的中國古代書畫與陶瓷何其多，他早就有不惜重金收回國寶的壯志。五、六十年代因公，因私涉足日本，東京和京都有名的古董店，父親必登門獵寶。若巧遇精品，鍾情動情之餘，他會感慨地說：「這是屬於我們的，焉能錯過？價錢再高也得把它收買回來。」父親四處搜羅國粹的情景一幕一幕地重映腦際，頓時使我澈然大悟。父親煞費苦心把流散在海外的文物蒐集於一堂，難道再要把它們輸送到外國去？

傲視世界的上海博物館

一九九六年十月很榮幸收到上海博物館新館落成典禮的請帖，那一天參觀慶典的嘉賓有全國文化藝術界的元老，各博物館的領導，香港、臺灣、東南亞以及歐美文化界擁護上博的朋友、大英博物館的館長、在中國文化上大肆淘金的兩家赫赫有名的英國拍賣公司，蘇富比和佳士得的總裁，亦千里迢迢自倫敦趕來赴會，盛況空前，好不熱鬧。上博各種文物藏品包括歷代書畫、陶瓷、青銅器、玉器、雕塑、家具、錢幣、金石等多達十數萬件，豐富多彩。

據聞許多精品是解放後在上海首屆市長陳毅的大力鼓勵與支持下收買進來的。二、三十年來，馬承源與汪慶正正、副館長深具慧眼，繼續購藏。兩位精英的領導又是上博世界級硬體建設的大功臣。新館極其講究的設備，不但全國僅有無雙，即令在歐美也很少博物館能與之媲美，真是一座足以傲視世界的博物館。在繪畫館與書畫館裡，參觀者要走近陳列櫥窗，燈光方會悄悄亮起。待人走開，燈就會漸漸暗下來，因為燈光有損害書畫，不良的效力。書畫庫房裡一塵不染，乾乾淨淨，藏件收放得有條不紊，溫度與濕度都有適當的調節。博物館裡處處有用電腦控制的防盜安全設備。把父親所遺留下來的書畫藏品捐贈給上海博物館自是上策，他老人家若九泉有知，能不慰然欣然？

先是拜托浙江省資深考古學家朱伯謙老師向汪慶正副館長透露我家族的意願。汪副館長反應得很熱切。他是陶瓷專家。所著《青花釉裡紅》是中外學者研究青花瓷的一盞明燈，已成經典。他又對書畫涉獵甚廣。汪副館長的才幹，氣魄是大家所激賞的，他處事乾脆俐落，為人瀟灑，風趣，能言善道，具有一流的口才，是一位可敬可愛的長者。與汪副館長正式面談後，他即刻派遣兩位書畫鑑定高手來菲看藏品。一位是鍾銀蘭女士，她是老前輩，謝稚柳的門生，名師出高徒。鍾女士功力深湛，在上海，人人稱她為鍾老師，以表崇敬。另一位是上博書畫研究部主任單國霖，他是國內外知名書畫專家學者，滿腹學問，是上博的大將。

鑑定書畫藏品的過程

父親數以百計的藏品包括宋、明、清的書畫，而以明、清為主。尚未為它們尋找到歸宿以前，我早就決定要把全部藏品重整一番。於一九九三年邀請到北京故宮博物院資深書畫鑑定家，年屆七十八高齡的劉九庵先生（已於四年前作古），專程來菲展開鑑定工作。劉老態度認真，隨身帶來了一位攝影師羅隨祖。羅先生是金石家，年青有為。整整兩個禮拜，劉老每天上午下午，一幅接一幅，一卷又一卷地細觀論定，然後用墨筆在目錄上親自批註，且讓羅先生拍照作紀錄。

「兩塗軒」全部軸卷再次由上博兩位專家，鍾老師和單主任，逐件細察鑑定，有些意見與劉九庵先生的有出入，這本不是稀奇的事，因為不是每一幅畫或字都是開門見山的。畫家或書法家早、中、晚期的作品經常會因時而異，看在鑑定家眼裡，未必獲得一致的評斷，加上坊間仿品不計其數。有的作品，四個鑑定家說對，竟然還有一個說不對。私藏如此，大拍賣會亦然，甚且各大博物館的藏品也有類似的現象，可見鑑定書畫，煞非易事。是耶？非耶？也只好如選票般以多票取勝。

香港好友，翰墨軒主人，許禮平先生熱心幫助，四年前特為打電話來告知，鑑定大師啟功即將自美國返回北京，路過香港小住幾天。哥哥、嫂嫂和我，還有姪女碧如，每個人手提著幾件有爭論的書畫品，飛港向啟功先生請教。他是清代王孫，當今中國最負盛名的書法家，且是北京師範大學中國古典文學教授，學養深厚。明代大書法家鄧石如的六幅篆書屏，乾隆宮廷畫家方士庶的畫作，雍正皇帝的御筆等，都被搶救回來。事後，香港中文大學文物館館長林業強又美意介紹遼寧省博物館名譽館長，國寶級鑑定家楊仁愷。年高八十四歲的楊老特為撥冗來菲研究家藏中有難題的畫品，令我們感激又感佩。

父親所喜愛的四福「琴、棋、書、畫、人物庭院屏」，每幅蓋有唐寅印章，卻不見署款，可能不是唐寅的畫作。按照楊老的分析，畫筆屬明中前期，比唐寅還要早，唐寅是晚明嘉靖年間人，畫品可能被唐寅所收藏，觀其畫風，應該為唐寅老師周臣所作。鍾、單兩位鑑定家則認為很可能是出自早明人物名家杜堇。此說亦頗有見地。單主任文章裡對這四幅有精闢獨到的評論（請參閱〈琳瑯滿日「兩塗軒」〉一文），唐寅的畫師周臣也好，杜堇也好，兩位早明畫家的作品流傳不多，彌足珍貴，又因著畫技非常精緻，各鑑定家都視為重要畫品，其中兩幅蓋有「詒晉齋」印，劉老說那是乾隆第十一子永瑆，成親王的印章。

四幅《玩古圖》繪的是明代雅士悠閒生活中的情趣，格調很高，四、五知音好友歡聚一堂，或彈古箏，或下圍棋，或作詩文，或觀畫品。一人一神，一人一情，儀表堂堂，服飾冠履優雅大方，應該都是高官臣卿。每幅有不同的家具，不同的擺設，更有不同題材的巨型畫屏，畫中畫豐富了整個畫面，很有氣派，誠是不可多得的精品。

書畫捐贈品裡的藝術天地

我家族捐贈給上海博物館的書畫兩百多幅，涵蓋大、中、小名家的畫與書法，裡面有瑰麗繽紛的藝術世界。大名家如王鑑、王翬、揚州八怪、文徵明、董其昌、張瑞圖等等，名震大江南北，誰也不會錯過。除了他們這些流芳千古，璀璨輝煌的作品以外，其中尚有門外人懵然不知的明、清優美書畫。有些中名家是在鍾老師和單主任的開導下，我才知道是明、清「名氣極盛」的畫家或書法家。幾位宮廷畫家和狀元書法家，也是經過諸鑑定家的介紹才初識他們是何方神聖。劉老當初告以北京故宮博物院大名家的作品多的是，中名家反而稀少。其實他們是中國書畫史裡不容忽視的藝術家，是中國書畫發展脈絡很重要的一環，因為他們的作品反映著不同流派的風格，由是，劉老再三鼓勵我們把「兩塗軒」的藏品送到北京故宮博物院展覽。他回北京後，故宮博物院曾經來信邀請哥哥和我去北京討論此事。單國霖主任是學者，別具學術眼光，閒聊中也表示將來上博可能會舉行一個中名家書畫展，以介紹給世人一些不廣為人知的歷代好書畫。至於小名家，外行者更是生疏，但如今他們也很受學界注視。兩年前幸會到一位香港中文大學藝術系博士生，他專門研究道光年間的書畫。家藏裡就有戴熙、費丹旭、錢杜、張熊、張之萬、林紓等十來個畫家的作品，都是道光年間的，為學術界提供了豐富的研究資料。

有如單主任所說，「兩塗軒」的書畫藏品是一部很珍貴的文化遺產。上海博物館特為其在繪畫館闢出一陳列室，專門展示所捐贈的書畫，稱之為「兩塗軒」。

超技且有藝術及研究價值的仿品

家藏裡有些明人仿宋仿元頗具水平的畫，幾可亂真，被許多收藏家誤認為真品，有時畫上見有十二至十四個歷代名人，收藏家的題跋印章，甚且出現了「乾隆御覽之寶」之璽，也就是說，乾隆皇帝親眼看過那幅畫作，並視為真跡。乾隆皇帝雅好藝術，不作畫，可寫了一手挺勁的書法。父親收有他的對聯，各鑑定家齊聲稱好，也收有他兒子，名書法家成親王的楷書詩軸和他弟兄弘旿，雍正兒子的設色山水手卷，幾幅清代皇室的作品都被肯定為真跡。

父親生前說過，有時候明知是古仿品，但畫技高超，也就把它當藝術品買下。明仿南宋錢選的《著色寫生》手卷可能就是一例，該卷用筆精細，所繪花卉草蟲，鮮活靈動，奕奕如生，繪出了自然界的奇妙和生命力，完全是宋代畫院寫實派的風采。加上設色柔和不俗，濃淡恰如其分，客人來參觀，無不嘖嘖嘆賞。

這些高水平的仿品雖然不登上博的殿堂，仍然有其一定的藝術、研究價值。父親還收有不少無款的明、清畫作，足見他對藝術的至誠熱愛。

機場揮淚別家珍

單國霖主任前後兩次偕同兩位專業人士，流散文物管理處主任許勇翔和行政科長傅洪法，來菲清點和包裝捐贈藏品，以隨身空運上海，每次我都全神貫注，跟著客人在忙碌中打滾，儘量不容自己涉入感情。及至送客人和書畫到機場，隨即陷入沉重的心境，畢竟是看著這些書畫長大的。父親辭世後，我如照顧嬰兒般守護了三十多年，它們是活在我心窩裡的家珍，更是我懷念父親的泉源。

一踏進機場，哥哥看顧著一大堆行李，一件件無聲地穿進X光檢查的小巷道時，他內心一聲：「別矣！」，眼淚立即奪眶而出。接著幾輛載得滿滿的行李手推車被挪移到國泰航空公司櫃檯前，我佇立在旁，眼看一箱一箱的書畫被磅稱後，在行李自動輸送帶上緩緩運入不歸途，我的心律亂了起來，我們兄妹倆臉色凝重地愣怔在一邊，咽喉梗塞，苦苦地與滿懷矛盾的感情掙扎著。

送客人到出境室，依依望著他們手拎著好幾件一去不返的巨幅明清畫作，如：閔貞的《八仙醉圖》、謝時臣的《萬里無雲詩意》山水圖、沈銓的《封侯蔭伯圖》……等，慢步走向登機處，一股劇烈的失落感直竄入我們的胸臆，淚水無法克制地淌了下來，久久不忍離去，千言萬語亦道不盡當時的感受。唯一能平撫我們的是了了父親的心願，漂洋過海，流散在海外的文物也回了家！

二〇〇二年

先父莊萬里先生於其書齋「兩塗軒」前留影，時年六十二歲（1961年3月）

上海市人民政府向莊氏家族代表頒發上海市「白玉蘭榮譽獎」授獎儀式

哲嗣莊長江在接收「白玉蘭榮譽獎」儀式上致詞之照

「兩塗軒」書畫精品展開幕典禮

上海博物館彙編《兩塗軒書畫集萃》圖錄

明杜堇《十八學士圖屏》

上海博物館「兩塗軒」揭幕手記

二〇〇二年是上海博物館建館五十週年。為慶祝金禧，上海博物館去年轟轟烈烈地推出一系列活動。第一炮就是六月所舉行「兩塗軒」書畫捐贈品展覽；繼之有青銅、玉器、白瓷等特展，並舉辦各種學術研討會。壓軸戲則是與北京故宮博物院與遼寧省博物館聯合舉行的「晉唐宋元」書畫國寶展與「千年遺珍國際學術研討會」。上海博物館刻意把「兩塗軒」揭幕典禮安排在十二月一日下午，國寶展學術研討會閉幕之後，以藉機邀請與會的中外書畫學者專家共襄盛舉。

「兩塗軒」揭幕典禮在上海博物館樓下大堂舉行，由上海市副市長周慕堯主持。（陳良宇市長已奉調北京中央政府。）來自北京的文化部部長孫家正，副部長兼北京故宮博物館院長鄭欣淼，新聞局局長郭瑞，前駐菲領事莊元元等皆蒞臨出席，儀式簡單隆重，以下是家兄長江代表我家族致詞，內容的摘要：

新中國是廿一世紀經濟強國，除了注重民生、更不忘提高人民精神生活的素質，重視博物館事業的發展。上海市副市長周慕堯曾對我道：「市政府對上博的支持是不折不扣的……上海市人的收入在三年內漲了五倍，稅收佔全國開支預算的百份率最大，市政府對博物館和圖書館的三展有很高的預定目標。」

六月廿一日上博為「兩塗軒」書畫捐贈品舉行特展，這次又為「兩塗軒」揭幕，並為金禧舉行古書畫國寶展與研討會，我們家族見證了上博是一個站在時代前端的博物館，它不僅是一個保存古董文物的儲蓄所，且是一個充滿活動力，負有學術研究使命的機構，今天先父「兩塗軒」能夠成為上博的一部分，是可慰他老人家在天之靈。

禮成後，由陳燮君館長與汪慶正副館長帶領各位長官與貴賓上樓參觀設在上博繪畫館裡的「兩塗軒」，它是為展覽我家族所捐贈先父書畫藏品而闢的專館。入口處，高懸於古意盎然，木製圓月門上面的匾額，罩著一塊緞質大紅布，由周慕堯副市長揭下，披露出篆刻在剛硬波形岩石上漆金「兩塗軒」三個字，醒目莊重。來賓拍掌稱賀，然後步入裝潢幽雅清麗的展廳。由上博書畫研究部主任單國霖為客人一一介紹展品，其中包括人物、山水、花鳥與書法各門類。人物畫最引人矚目的自是早明人物名家杜堇的《十八學士圖屏》。揚州八怪閔貞所繪長達二百廿九厘米的《八仙醉酒圖》亦搶盡風頭，所描繪題材，只見駐足在側的何仙姑披著長髮的背影，其他七神仙全喝得酩酊大醉，閉著眼睛，昏昏沈睡在地上，神態各異，饒富筆墨情趣。如此一大巨幅，閔貞竟能運筆如風，一氣呵成，以渾厚有力，瀟灑寫意的筆法繪成，叫人想起李商隱的詩句：「狂來筆力如牛弩。」六月的展覽，不見此幅，我很失望，單困霖主任解釋說：「畫太長，懸掛有困難。」這次在「兩塗軒」揭幕的前一天，鍾銀蘭老師特地帶我去溜瀽一番，站在閔貞的畫作前面，她昂首手指著展櫃裡的天花板，說：「妳看，頂天立地！」猶記這副精絕動人的畫就是因為幅度奇長，住宿在低矮榻榻米木屋的日本收藏家才灑淚割愛出來。父親收買這副畫時，我亦在場，雖還只是十來歲的大孩子，少不更事，但印象很深刻！

「兩塗軒」書畫捐贈品裡重要的山水畫有宋范寬畫派的《秋山蕭寺圖》，這副宋畫是自清宮廷流傳出來的，曾被乾隆皇帝收藏過。臺灣國立故宮博物館出版的《石渠寶笈續篇》，上海有正書局編印的「中國畫集」等均有著錄。山水畫在宋代已臻最高的水平，范寬是北宋四大名家之一，所畫氣勢雄壯的高峰密林是最典型的北宋山水畫。他的作品已是鳳毛麟角，臺北故宮收藏范寬的《谿山行旅圖》和《雪山蕭寺圖》，可能是僅存的傳世品。幾年前，臺北故宮有一批古書畫精品欲運往美國，在紐約大都會博物館展出。無價之寶，范寬的《谿山行旅圖》亦列在內。民眾憤懣焦慮，嚴厲責問故宮負責人：「如此貴重國寶一出國門，若遭遇破損，對國家怎麼交代？」因而連日上街示威，有的甚且絕食，以示抗議。其時展覽事宜雙方都已安排就緒，據聞美國由方聞教授主編的展錄已在付印中，臺北故宮一時陷入困局，最後在群眾所施高度壓力下被逼抽出范寬氣象萬丈的山水畫，（筆者在倫敦大學上中國藝術史時看過這幅畫的幻燈片，應該是拷貝自畫冊的。）

「兩塗軒」所展出其他山水畫尚有明大家謝時臣的《溪山歲晚圖》，此畫紐約大都會博物館曾借去作研究資料。花鳥畫有蔣廷錫，余省等清宮廷畫家的作品，近代齊白石罕見的七雄雞等等。書法則有明代與董其昌齊名，王鐸的《行書五律詩軸》，清書法家宋曹的《草書懷素論書軸》，康熙、雍正、乾隆三皇帝的墨寶……由於展廳空間有限，展品將隨著上博的繪畫館每六個月調換一次。

「兩塗軒」揭幕在萬豪館店（Marriott Hotel）的晚宴，嘉賓近兩百人，排場熱鬧，汪慶正副館長請我上去講話。除了謝謝上博各位領導主任，以及許多文化工作人員為創設「兩塗軒」專館付出不少時間與精力和各位貴賓的光臨外，我又舊事重提：「今年六月上海博物館為『兩塗軒』書畫捐贈品舉行展覽，當晚上海的東方電視臺拍了展覽的一部份，播放在他們每週長達廿分鐘的藝術節目，那部紀錄片的題目就是叫著『回家』，好叫人心動！……」話說到這裡，臺下驟然爆出一陣掌聲。此情此景震動了我身上的每一顆細胞，我的心潮在激盪，幾乎掉下淚來，還好控制的好，沒有失態，尚能沉隱的說下去：「國家對『兩塗軒』書畫捐贈品很重視，盼我們能拋磚引玉，今後會有其他的海外華僑把更多更精采的中國文物藏品運回來，獻捐給國內各大博物館……」未料掌聲又劈劈啪啪地響起，足見國內文化界極欣賞海外華僑的向心力！

參加旁聽國寶展學術研究會的第一天，恰與港友董建平，董建華的妹妹鄰座，她恭賀我把先父書畫藏品獻捐給上博的義舉，並告訴我最近在香港為前紐約大都會博物館東方藝術部顧問方聞教授安排過一場講演。方聞教授曾向她論及「兩塗軒書畫集萃」圖錄，禮讚藏品不錯，「It's a good Collection。」方聞教授是美國的中國古書畫權威。紐約大都會博物館與普林斯頓大學是他喚風喚雨的地盤。一般人都熟悉這位大牌學者的脾氣，絕不客套，更不輕易恭維人家。上博國寶展的研究會，第一位上臺宣讀論文的學者是方聞教授，可以一窺他在學術界的地位。一九八九年，我去紐約與他初談捐贈「兩塗軒」給大都會博物館的計劃，後來改變初衷，打退堂鼓。這次在上海碰面，自覺有掩飾不住的窘態。他卻反應得很友善，而且充滿熱忱，即刻把太太從座位上接過來與我握手。他太太，方唐志明，氣質優雅，談吐斯文，是美國七大女校畢英莫爾學院（Bryn Mawr College）的董事。當時在他們家只匆匆會過一面，倒是在「兩塗軒」揭幕宴會上和她聊得很多，也聊得很好。是晚，汪慶正副館長也請方聞教授致詞，提起「兩塗軒」藏品，他說了一句內行人的話，喜讚其中「有許多新發現」，筆者在〈揮淚含笑別家珍〉裡言及我家族捐贈給上海博物館的書畫兩百多幅，涵蓋大、中、小名家的作品，能夠完全體會其藝術價值的必是專家學者。

最值得慶幸的是中國今日有一座「站在新時代前端」，具有學術研究精神，在上海市政府合力支持下的上海博物館，它是家兄長江所謂廿一世紀的新中國對人民的物質與精神生活並重的鐵証！

二〇〇三年

作者莊良有代表莊氏家族於「兩塗軒」書畫專館揭幕宴會上致詞留影

莊氏家族與貴賓陳燮君館長（右三）、鄭欣淼院長（右五）、孫家正部長（右六）、周慕堯副市長（左五）、郭瑞局長（左一）合影於「兩塗軒」書畫專館

莊氏家族於「兩塗軒」書畫專館前合影。右起：莊唐碧華、莊良知、莊良玉、莊長江，以及作者莊良有

清閔貞《醉八仙圖》

這就是我的父親

週日吃罷晚飯是我的「伊眉」時間，要在網上磨蹭一個小時，收閱與答覆隔有千山萬水中外朋友的電子郵件，已成習慣。資訊科技的高速發展幾乎已把宇宙間遼闊的距離縮短成近在咫尺，促使人與人之間心靈的交流更加繁密，更加微妙。有幾位固定的朋友善傳形形色色的奇景、奇事、奇物……營造出天外別有天的意境，這是廿一世紀特殊的生活風格。

最近收到好友白蒂從美國寄來的「伊眉」，題目為〈寬容的故事〉。內含有一則一則動人的故事。特此摘錄其一：

寬容的故事：總統軼事

有一次理髮師正在給蔣總統刮鬍鬚時，總統突然咳嗽了一聲，刀子立即把臉給刮破了。理髮師十分緊張，不知所措，但令他驚訝的是，蔣總統並沒有責怪他，反而和藹地對他說：「這並不怪你。我咳嗽前沒有向你打招呼，你怎麼知道我要動呢？」這雖然是一件小事，卻使我們看到了蔣總統身上的美德——寬容。

〈寬容的故事〉給了我很親切的感觸，故事裡所刻劃的美德，也就是父親的寫照。

遷進父親在馬尼拉市郊巴西市靠近馬尼拉海灣所蓋住宅「塗園」時，我才十四歲。平時一大清早，我們兄弟姐妹四、五個人擠在一部「瓦貢」（wagon）式的汽車趕往市內去「中正中學」上課。從我們家到市內頗有一段距離，但車程只要半個小時。五十年代大岷市交通還很疏朗，路上沒有很多車輛，司機將我們這一堆大孩子送上學後，再回程送父親去上班。

三、四年後，我離開「中正」，轉入位於市郊，離家不遠的天主教女校。一個沒有課的星期六早上，我有事要跑一趟市內。自打算盤，父親上班，先搭乘他那部黑色極拉風的「凱迪拉克」（Cadillac）去市區，到時候再以步代車去辦自己的事。一路上車輛照樣稀稀疏疏，司機踩著油門疾馳著。我們父女倆在車裡輕輕鬆鬆的有說有笑。忽然，司機猛按喇叭，車子在馬路旁停了下來。原來有一個壯漢行人過馬路時，差點給我們的汽車撞到。他形如一隻生猛走獸，露出猙獰的面容，使出混身的力量，伸展出一條腿，朝著我們的車身狠狠的踢了一下再一下。「碰！碰！」作響。司機盛怒之下，用菲語大吼咒罵他。我怔住了，焦急而無措，只有坐在我身邊的父親面不改色，無限同情似的替那個粗漢申辯：「他不這樣做，那叫他何處去洩氣？」我一聽，低沉的心情驟然浮昇上來。

父親在公司日理萬機，要應付很多方面的業務，每到週末才有時間去巡視煙廠廠況。廠裡有禁止抽煙的法規。有一回，他在那兒四處巡察時，愕然看到M廠長用姆指與食指夾著一根香煙在嘴裡吸著。違規的M廠長見到老板迎面而來，速把嘴裡的香煙扔在地上，盡力用腳踩熄尚點燃著的煙蒂，神色歉煞，扭擰不安。驚慌之餘，偷眼瞅了老板一下，詫異又似不信地覺察到他溫和的態度，不但沒有冷峻嚴厲的目光，嘴角上還掛了一絲淡淡的笑意，肅然說道：「M廠長，我想我們廠裡牆壁上最好多貼幾張『No Smoking』（不准抽煙）的標示。」

父親在美國遽逝，運柩返菲後，M廠長趕往殯儀館瞻仰父親遺容，藉機向我們陳述以上事略，盛讚父親慈而有威的風度，且說父親那句剛柔相映的話叫他永遠記得不在廠裡抽煙。

一九六五年父親辭世後，我再也鼓不起勇氣踏進他的辦公室，那裡留有許多自己的蹤影；但父親走了，我懦怯，我害怕走進去會被悲傷所吞食。當年，專家設計的傢具全部由我負責定購，一桌一椅都值得我回憶。地板上所鋪那張柔軟的「太平」牌地氈，也是我本身從香港帶進來的。五、六十年代本地尚無地氈廠家，也沒有代理商。定購傢具時，我找了好幾家傢具商，請他們幾天內給我一份估價表，以作比較。他們都很好，很守時，只有其中一家，催了又催，還是無音無訊。兩個星期以後，估價表才姍姍來遲，我又惱又氣。他們來電話，我揚聲叱喝他們辦事效率太差。對方一面道歉，一面答應要調整其價格。我因捨意已決，冰冷坦言地回絕了他們的建議。父親見狀搖了搖頭。我電話筒一放下，他輕聲低語道：「生意既然不給人家做，人家已夠失望，為何還要怒責他們的不是呢？」父親的話有如一把鑰匙輕輕的啟開了我茅塞的胸襟。

半個世紀都已過去了，父親的二、三事所象徵的是人性的尊貴，忘得了嗎？慈祥、寬容、仁厚、儒雅，這就是我的父親！

二〇一〇年

小文蕊

小文蕊是我十二歲的外孫女，出生在美國，一九九八年十二月女兒帶她來菲渡假，時年才一歲九個月。一踏進外公外婆家大門，就跑到庭院去，看到眼前廣闊的花園，脫口WOW了一聲！那麼幼稚的年齡，覺悟力敏銳如斯，不由我微吃一驚。

女兒在華府世界銀行任職，上班族的假期是有限的。聖誕節過後，母女欲回美國，不料，離菲前一個晚上，小文蕊生病發高燒。十二月是航空公司的旺季，逢年過節，搭客尤多，機票緊張，改期非易。女兒心焦如焚，我勸慰她：「妳先走，將來再來接她回美國。」就這樣子，小文蕊被「扣留」在外婆家到如今。大概是天意吧！

兩歲的小文蕊，正是蹦蹦跳跳的年齡，活潑可愛，樂透了外公外婆，老愛親暱的把她摟抱在懷裡玩。寂靜的家，一下子熱鬧了起來。我們倆老甚竊望能把她長久留在身邊。天從人願，小文蕊的兩個雙胞胎弟弟誕生了，女兒在美國忙得不可開交。我乘機說服女兒暫時把小文蕊寄養在外公外婆家，答應她每年把孩子送到美國與父母團聚一次。

時間飛逝得快，一晃就十年。小文蕊在我呵護關顧下成長的過程，值得提起的事何其多。

年幼天真活潑

菲東方陶瓷學會每年聖誕節的聚會都在我家舉行。記得有一、兩次，我尚在臥房裡粉飾粧綴，五、六歲的小文蕊已搶先下石梯到花園裡去與早到的客人周旋。人家有問，她必有答，無拘無束。晚餐時，我看見她遙坐他桌，困在陌生人當中，揮手示意她過來坐我身旁。她很自在的樣子，搖搖頭，給予我一臉燦爛的笑容。我也驚奇也高興，年紀輕輕的已會交際。年齡漸增，有了自覺性，小文蕊顯著的收斂她外向的性格。家裡有客人，事先我得再三叮囑，她才羞答答的出來迎客。

海綿似吸收力

這小女孩像一塊海綿，具有一百分的吸收力。陶瓷學會的朋友時送瓷件來我家，徵求我的意見。造型、比例或釉色若不對，我會婉約地說：「我對它的比例不太放心。」（I am not very comfortable with the proportion.）圍繞在我身邊的小文蕊，偶而會似懂非懂連同語氣聽進幾句。有一次，住在我們家後街的瑞士大使Lise Favre，看上了一件三尺高的瓷罐，派司機送過來給我細察。東西還在門口，小文蕊即跑了出去，張開她那雙小手，在罐身上撫摸幾下，然後跑回書房，煞有其事的對我說：「阿嬤，我對它的釉色不太放心！」（I am not very comfortable with the glaze.）不由我咯咯大笑。這種意外的喜悅是無可言喻的。

小文蕊稍長大，我可與她講世界大局，講政治、講歷史、講經濟……，無論話題是嚴肅的或是輕鬆的，她無不聚精會神地聽著，所以我從來不把她當小孩，她是在成人天地裡成長的。每天晚上CNN、BBC和ANC的新聞報導是我必收視的。小文蕊五年級的功課沒有現在繁忙，常陪我收聽晚上七時的新聞節目。美國競選總統，她也很感興趣。在她，柯林頓最「酷」，是她的偶像。柯林頓落選為民主黨候選人，幾天不見小文蕊的嘻皮笑臉。當時麥克恩，柯林頓和歐巴馬在電視上的演講，小文蕊聽了不少，竟然會倣效麥克恩講話平平乏味的語調，這是她的絕技。學校午飯桌上，有小文蕊在，不愁寂寞。她模仿各位老師講課的口吻常惹在座的同學捧腹大笑。她本有出色的口才，三年級曾獲得獨白（monologue）比賽亞軍，今年又拿到辯才最佳獎。口才比賽義德學校不是每年固定有的。

世界金融危機暴發於二〇〇八年，最嚴重的是美國，風聲鶴唳。歐巴馬總統一上臺，隨即召集經濟大才，傾力策劃刺激經濟的措施。CNN首次佈告華爾街諸大金融機構遭殃時，小文蕊大人似的喃喃自嘆：「哎呀！」第二天，嫂嫂恰來電話邀約中午在香格里拉大酒店日本飯館餐聚。飯桌上，小文蕊嘰哩咕嚕的展示出從電視上所聽來的新聞：「舅公，您知道嗎?利曼兄弟（Lehman Brothers）倒閉了，AIG也有問題。美國政府宣佈願以八億美元資助金支持他們……」（還有數字呢！）哥哥眼睛頓時一亮，瞄了我一下，臉上掛著一個問號，訝然笑道：「妳才十歲，怎麼知道得那麼多啊？」

癡迷英國文史

小文蕊七歲才開始有閱讀能力。根據兒童教育家的分析，這是很正常的，雖然有些孩子在這方面發育得較早，是早是晚，並不重要。以前，小文蕊在週末，常嬌聲叫嚷著：「阿嬤，我好無聊。」我要給她找玩伴，給她買拼圖，買各種手工玩藝。她會看書以後，我極盼她能培養出閱讀的嗜好。長大後，要有漂亮的表達力、豐厚的學識，沒有其他捷徑，只有閱讀、閱讀、閱讀。是以，常常帶她去逛書店。很興奮的發現今日的少年讀物已見有世界經典文學名著的刪節版（abridged edition）。十九世紀是英國小說的鼎盛時期，如狄更斯、奧斯汀、布朗姐妹等名作家的作品；文字典雅，極富維多利亞文風代表性，很高興把它們一一介紹給小文蕊。沒想到她一入門，會有如沸如焚的熱度。狄更斯的《雙城記》，夏綠蒂・勃朗特的《簡愛》以及法國名作家仲馬的《基督山恩仇記》，全令她回味不已，而對珍・奧斯汀的著作更大為激賞。一本一本的閱讀，樂此不疲，最使她如癡如醉的是《傲慢與偏見》，數章她特別喜歡的，讀了不下五遍。她所不能忘懷的是男主角達兒士和女主角敏妮特在舞會裡初次邂逅時，前者傲慢的態度引起後者敵視他的情節；彼此苛刻激烈的對話，小文蕊滾瓜爛熟。她在香港物色到這部小說BBC版高水準的光碟，欣喜若狂，如獲至寶，不知看了幾遍？浸泡在英國人講的英語，叫她不知身在何方；更吸引她的是男女主角最終以眼睛互訴情意的鏡頭，簡直把小文蕊給迷醉了！

小文蕊把「傲慢與偏見」推薦給她的好友，希望她也會喜歡這部精采動人的小說。誰曉得幾天後，對方皺著雙眉，臉露憂色的說：「我只讀兩頁，再也讀不下去了！」

珍・奧斯汀的小說讀多了，小文蕊寫英文很有味道；更奧妙的是腦子裡盈滿十九世紀英國女子綁著腰圍、緊身細腰、筆直裝束的高華形象；很嚮往她們的陽傘、蓬蓬裙、帽子、手套……等等。一個週末的傍晚，自己一個人在我的更衣室裡忙得不亦樂乎。在我的衣櫃抽屜裡發掘搜尋她心目中所要的衣飾，把自己打扮成一個十九世紀的英國女子，站在鏡子前面，滿意地端祥著自己的打扮，裝模作樣的玩她的把戲，真的癡得很可愛！我趕快拿照相機把她自導自演戲裡嬌媚的戲裝捕捉下來，以作她一生長大過程中片斷的記錄。

在學校裡與同學聊天，小文蕊會我行我素的大談《傲慢與偏見》裡伊利莎白・敏妮特的故事，別人是否聽得下去，她可不管；因此班裡許多同學都戲稱她為Lady Sophie Bennet。Sophie是她的英文名字。

葉公超的深厚英文造詣，遐邇聞名。董橋在〈葉公超這匹千里馬〉一文裡簡介葉的學歷與他在清華大學任教的光景。九歲就讀英國、留學美國，是著名詩人沸洛斯特的門生，且與大牌詩人艾略特有著非薄情誼。葉從政前在清華教大一英文，所選課本就是奧斯汀的「傲慢與偏見」。在班上不大講解，只讓學生把課本一頁一頁的朗讀，讀了一大段，葉教授會大聲吼：「Stop！」問一問有沒有問題，不然就繼續讀下去，一直到鈴響下課。這種教授那會栽培出癡情的學生如小文蕊者？

小文蕊醉心英國文學，亦熱衷英國歷史。廣讀有關英國皇室歷史，伊利莎白女皇一世與統治英國時間最長的維多利亞女皇的史略，她瞭若指掌。後者與其夫婿艾伯爾王子恩愛情深。艾伯爾王子過世後，女皇餘生一身黑衣為他守寡的動人故事，我還是從小文蕊口裡聽來的。英國皇族的趣聞逸事，她知道得可多了。晚上吃飯時，經常縷縷述說給我聽。歐洲皇族盛行通婚，已沒有純種。維多利亞女皇和艾伯爾王子身上都流有德國血。小文蕊可以珠玉落盤似的唸出一大串歐洲各國皇族混雜的血統。她年紀小小的時候，每天晚上，我得給她講「床時故事」（bedtime story），哄她入睡。意想不到，才十二歲，她已是講故事給阿媽聽的時候了。講的不是白雪公主、不是灰姑娘，而是歷史故事。

熱衷世界歷史

前年十二月帶小文蕊去香港渡假，在所下榻文華酒店電梯旁邊供住客瀏覽的小店裡，小文蕊觸目到一本精裝厚厚的英文沙發桌書（coffee table book），題目為

《中國最長的旅程：一八五〇—一九四九》，裡面所撰寫篇章包括晚清皇室，最後的皇帝溥儀、國父孫中山的革命、袁世凱、蔣介石與國民黨，一直到毛澤東宣佈中國人民共和國成立等故事，且收入許多很珍貴的歷史圖片，例如慈禧太后之盛裝，足上飾有串串珠子的滿族高頭鞋，滿清女子的三寸金蓮小腳，全副官服的滿清巨卿吏賈，街上的市民狀況，南京大屠殺的慘狀，各時代重要人物的玉照以及蔣宋美齡在美國國會演講等。小文蕊翻了許久，不忍釋手。我心中一陣快慰，即刻把它買下。當晚在床上，她興味大濃的閱讀著。

菲歷史學家奧甘布在國立博物館和阿亞拉博物館每一場有關菲律賓歷史的講演，小文蕊都興沖沖的跟隨我去聽講。總之，對世界歷史，小文蕊滿懷熱情就是。在學校班裡，乃以豐富的歷史學識知名。有一天，老師講起課外歷史，提到俄國最後一個沙皇，刻意把視線投射在小文蕊身上，試問道：「Sophie，妳知道是誰？」

「沙皇尼古拉斯二世（Czar Nicolas II）。」一下子就滑了出來，還不問自招的加插一句：

「羅馬諾夫（Romanov）是他們的最後一個皇朝。」

小文蕊時被同學推薦為代表班裡參加作文、朗誦比賽人選，幾乎已成為「明星學生」！

醉心古典音樂

小文蕊學了五年鋼琴，帶給自己無窮的樂趣。功課壓力使她喘不過氣來，她會找鋼琴解悶，彈幾首莫札特的樂曲，讓輕盈美妙的裊裊琴音鬆弛一下綳得緊緊的神經。她在網上聽到貝多芬的月光奏鳴曲，全然被震懾住了。告訴她的鋼琴老師她要學這部樂曲。老師果然把琴譜帶來了，鄭重其事的說：「裡面有三部曲，第一、二部妳可以學，第三部是六年級學的，妳才五年級，明年我才教妳。」其實，最精采的即是第三部。小文蕊學會第一部，迫不及待的發奮自學第三部，的確很難，她孜孜矻矻的苦練，已會彈好幾頁。她十個手指頭在黑白琴鍵上飛躍動彈，所彈出感天動地的音樂，會使我心潮澎湃。古典音樂真有使一個人的靈性昇華的力量。

馬卡地香格里拉酒店的大廳堂，每天下午提供英式茶點，且有小型樂隊Chamber Orchestra演奏悠揚的音樂，氣派得很。小文蕊一個月前即已計劃好，要我事先安排他們在她生日那天演奏她喜愛的樂曲：柴可夫斯基的《天鵝湖》（OP. 20），和《胡桃鉗》（Dance of the Sugar Plum Fairy），莫札特的《第十三號小夜曲》（Eine Kleine Nachtmusik）……我建議她邀請幾個同學一齊湊湊熱鬧。她皺眉搖頭說：「沒有一個喜歡古典音樂，何必請她們來悶坐一個下午？到時候我還要為她們不悅的情緒操心。」當天，果然只有我們祖母孫女兩人孤伶伶的坐在香格里拉大廳裡樂隊前的沙發。小文蕊眼神恬靜欣悅，不言不語，默默的傾聽她所點的樂曲，開心得有如徜徉於天堂。看她高興，我也高興。

小文蕊具有響亮如銀鈴的嗓子，將來應屬女高音。她不滿十歲，我即已把意大利歌劇介紹給她欣賞。她學得很快，隨即能用意大利原文唱威爾地所譜寫《茶花女》（La Traviata）裡的樂曲〈飲酒歌〉（Libiamo Ne' Lieti Calici）的一小段。最令她陶醉的則是普契尼所譜曲《杜蘭朵》裡的〈無人可睡〉（Nessun dorma）。興趣所趨，無師自學，如今已會以意大利原文吟唱整首歌曲。我不禁心裡暗暗喝采。

一個週末晚上，我外面有應酬，小文蕊自己一個人在家。同學來電話，她正在欣賞巴巴洛蒂所唱「無人可睡」，急切的把無線電話朝向DVD唱機，欲與該同學分享那動人心魄的音樂，興奮的叫喊著：「妳聽！妳聽！」

同學竟驚詫道：「Sophie，妳好怪啊！（You are so weird!）」

這個小女孩情繫古典藝術，全情投入。彈鋼琴時，無限的感情流露在她的臉上和手上。跳芭蕾舞時，心靈的境界表達在她的頸脖和手腕上。那麼自然！那麼優美！最遺憾的是因著學校時間的衝突，芭蕾舞只學了四年就被迫停輟。小文蕊沒有她表舅祖欣和表妹珮鳴超然的音樂天份，也不難看出她渾身的藝術細胞。

愛好文物藝術

小文蕊對人類的文化與及藝術懷有強盛的好奇心。帶她參觀博物館，壁上的說明，必字字句句的細讀；對展室裡的展品、文物、油畫、雕塑……會從容不迫的盡情觀賞。去年三月在三藩市，有眼福恰遇榮譽社團博物館（Legion of Honor Museum）有法貝爾界（Faberge）特展。法貝爾界是專為俄國皇室製造的彩蛋。這種皇蛋飾有各種金銀珠寶，精緻華麗，很為世人嘆賞。該博物館離鬧市頗有一段距離，與朋友午飯後，懇求他把我們送到榮譽社團博物館。到了那兒都已快三點，小文蕊照樣細細品察，對每一顆皇蛋怔怔地看得出神，尤其是那顆後被摩納哥女皇后葛萊絲．凱莉所收藏。精美絕倫的皇蛋。五點快到，鈴聲大響，空中傳出再十分鐘，博物館即將關門的佈告。小文蕊臉色倉皇，驚叫著：「我還看不到一半呢！」眼淚都快滴下來了。我很同情她，安慰她改天再來。兩天後，為了履行對小文蕊的承諾，我叫了一部計程車遠赴該博物館。小文蕊眉開眼笑的踩進展室，還是老樣子，在每一個展櫃前駐足良久，才肯離去。我急了，在她耳旁輕聲叮嚀道：「達兒令，要記得，阿嬤沒有時間第三次再帶妳來。」

本屬倫敦大學亞非學院價值連城的中國瓷器收藏，也就是當年我在倫大就讀時的主要研究資料（在〈倫敦戀情〉和〈倫敦回味〉兩篇拙文裡已介紹過，在此不再贅述。）因著經費有問題，現已移歸大英博物館。該博物館花費數年時間重新整理，召集多位專家研討該收藏裡有爭議的瓷件，更正了幾件重要裝飾品的年份。我極想能於今年小文蕊的暑假飛往倫敦，重溫大英博物館內的瓷展。腦子裡所牽掛的是如何應付小文蕊。大英博物館世界文物的收藏是蓋世有名的，她一走進去，是出不來的。那就在大英博物館鄰近的Bed and Breakfast（簡稱為B&B）租一個房間算了！如此，就可以每天大清早輕便的步行到該博物館等他們開門。B&B是英國簡陋的客棧，小房間裡只見一張床鋪，早餐只供奶茶與麵包牛油。

真是個好孩子

小文蕊菲文不行，算術也不是很靈光，功課成績最高亦只得第二名。我才不在乎呢！分數不是衡量一個孩子才氣最準確的尺度。只要好讀，自會成器。班裡有同學拿到欠佳的分數單，心事沉沉的深怕回家給母親一頓挨罵。小文蕊會一邊安慰，一邊揚言她的阿嬷很不為分數動情，羨煞了同學！

小文蕊是一個很溫馴的孩子，從來不給我發脾氣。她的一舉一動都在我眼裡，把她管教得很嚴格，但亦縱情的寵愛她；使我歡慰的是她倒沒有給我寵壞。給她買衣服，必問「很貴嗎？」我得把價錢少說一半。放暑假的第一天，亦即小文蕊生日的前三天，乘著同學尚未各飛東西，我邀請了小文蕊十來個好朋友來家裡餐聚。一個禮拜前帶她去定購生日蛋糕。在鋪子的相冊裡，她歡天喜地的看中一張照片裡飾有「迷你」皮包、高跟鞋、化妝品的蛋糕，我因而給了定金。小文蕊一發現到昂貴的價錢，跳了起來，堅持要我取消所定購的蛋糕，說什麼她都不肯要。錢已付，怎退得了？她沮喪得眼睛泛紅潤濕，很痛苦似的。我看了好難過，耐心的勸慰她：「妳如此不快樂，花錢那值得？乖孩子，不要捨不得，就算阿嬤打麻將輸掉！」聰明的孩子，為了體貼阿嬤的苦心，立時拾回她歡欣的情緒。

以前我要給小文蕊督課，她的功課就是我的功課。今年六年級她自力更生，已不需要靠我了；但功課繁多，加上她讀書一絲不苟的精神，有不解之處，一定要上網找到答案才肯罷休，常常搞到十一、二點。發育時期，睡眠不足是我最大的擔憂。守候在書房，看我的書，做我的事，頻頻要注視一下桌上的時鐘，若已近半夜，我會著急的呼喝：「夠了！夠了！一知半解又何妨？」為了她的健康，不得不出此下策。每個週日晚上，我總是緊張惶急的等待她上床入寢，才平靜下來。

把小文蕊帶大，其勞其樂，難以道盡，這小女孩給了我許多意外的喜悅。為她，我第二次做母親，這也是我生命中意外的喜悅。法國人說：「C'est la vie!」（此乃人生也！）

二〇一〇年

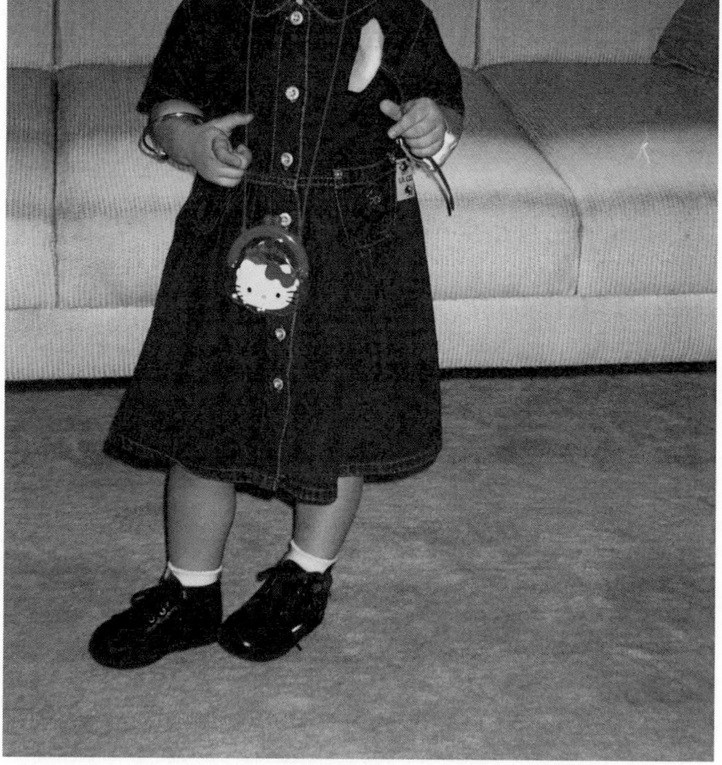

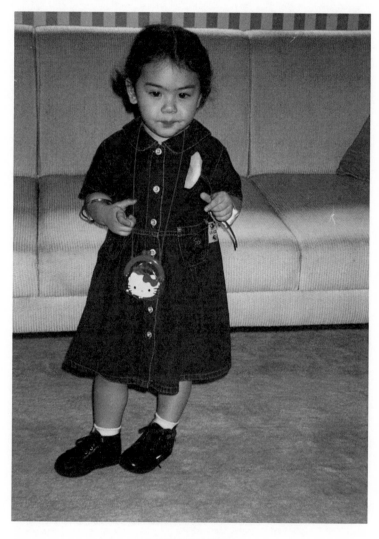

小文蕊二歲時留影

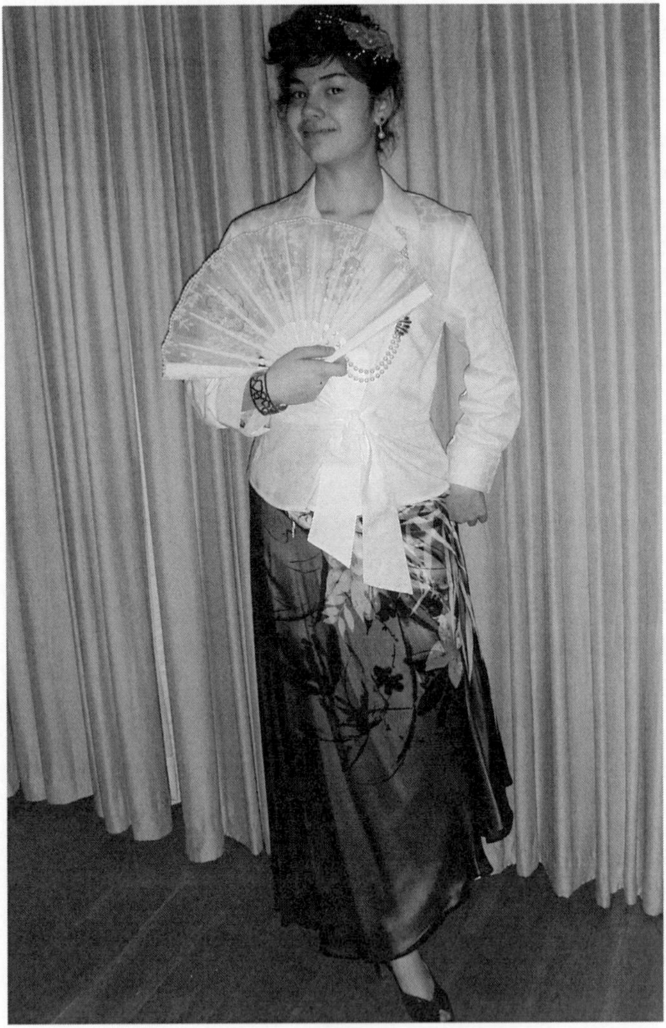

小文蕊自導自演裝扮為十九世紀英國女子

淨經

打從中學時代，我即隨著先父到處出國旅行，所接觸到的都是穩重世故的中年人士，我乃竊望此生有個大我十七、八歲，能亦師亦夫的終身伴侶。不料，月下老人跟我開玩笑，把我的線緣牽給一個比我小一歲的對象。

起初，我並不怎麼熱中於外子的追求，主因是他「太年輕」，並非我美夢中白馬王子的典型。大概是緣份吧，我非但對他沒有惡感，反而很樂意跟他在一起。見面時，他老是一身雪白衣褲，加上那白淨的膚色，潔淨之相，尤其悅目，言談中更時時顯露出他內心的純真。他那心正形潔的氣質不由使我心動。

外子溫雅文靜，可是，使起性子來，聲音一如洪鐘巨鏞，我時要禮讓三分。他在事業上，順規蹈矩，清清白白；對太太，老老實實，從未說句謊話，即使明知某些事會引起我的反感，他仍直言直語的大白真相。外子那堂堂正正，恂恂君子的風範，不免使我懾服自己的眼光，他那異乎尋常的內外潔癖是他驕人之處。

外子事業成功的一個主要因素是他做事周密詳盡，且有獨到的秩序，與生俱來的是那一絲不苟的癖性。業務管理得有條不紊，自不待言，家務亦然。新婚時，他一臉肅穆的聲明他不要一個雜亂無章，漫無次序的家，當下我聽了，且喜且懼。

當初，嬌生慣養的我，對家事實在無一技之長，內心頗感羞愧，掌家還得靠外子從頭教起。有趣的是他竟以管理公司業務的章法管理家務。他擬了一張男女工人的工作表，把他們打掃櫥房、客廳、臥室、書房、車房等的時間，以及吃飯，休息的時間，安排得了無紕漏。他要我設有記錄卡，登記各種電燈泡的存貨，他還要我備有一本簿子，記錄冷氣機，紗窗等每年清洗的次數。廚房爐灶邊的牆壁不許燻污油垢。水龍頭要經常用某種油膏擦亮，才能保持不鏽鋼原來的光澤。

我們的新婚房子只有目前的四分之一大。小小的客廳，擺著白色的沙發，壁上蓋滿白色的壁紙，兩層窗簾，輕的，重的，都是白色的，唯一采色的點綴是一張飾有青花圖案的地毯，矮矮咖啡桌的桌面是半寸厚的玻璃片，桌腳是透明的厚塑膠板。要把那綴有雪白透明傢具的小客廳保持得窗明几淨，清潔絕塵，那才大費周章呢！每逢有人要把冷氣機拔出去洗刷，家裡的男女傭僕會手忙腳亂的緊張成一團，有的忙著在地毯上鋪紙，有的忙著在壁上貼紙，以免有玷染污痕之禍。

舊宅車房邊有一間囤積破輪胎，空紙箱，小孩子的舊三輪車……等等的小棧房。男僕一年幾次要大掃除那間小棧房，裡面塵封的雜物，樣樣要搬出來抹擦乾淨，再收回原位。遇到週末假日，外子有時會到屋外彳行，環視四周，目睹到骯髒污濁的牆角，抑或佈滿蜘蛛網的屋簷，就會煩言嘖嘖。有一次，他滿懷怨懟，匝動嘴唇，告訴我後院太零亂了。翌晨，我甚麼事也不想做，準備捲起袖子整理後院。結果，愕怔在那兒，悵然良久，看不出一個所以然來，後院是後院嘛，廢物當然是七拼八湊的雜陳在一堆，難道非把它們一一陳列得井井有序不可？日長歲久，我已習慣使然於外子所塑出來潔淨的家。到朋友家打橋牌，若有漬痕斑駁的牆壁，抑或塵垢污穢的紗窗，定會即刻搶入眼簾，因為那都不是我日常生活裡所見得到的。一九七三年修整舊宅時，有一個淺綠色的廁蓋要漆新。顏色的深淺，要混和得恰如其分，本是很難的事，該廁蓋噴漆，不下七次，方使外子滿意。事後，漆工皺著眉頭，低聲告訴我：「太太，耗費那麼多漆料，乾脆買一個新的還不比較便宜？」

外子有舊車出讓，幾個朋友無不爭先恐後的要搶買，因為他們很清楚外子的標誌，他的車夫是受過嚴格訓練的，不但車身時時拭淨得晶瑩發亮，車前的機器與車後的車箱也是用抹布擦得一塵不染。大年夜除夕，與婆家吃完年夜飯，外子喜歡邀約幾對朋友去有節目的地方湊熱鬧，幾次都是去馬尼拉大旅社聆聽美國好萊塢名歌星演唱。有一年，已記不得是那位「偉大」歌星的演唱會，特別規定男的要著正式燕尾服（tuxedo），女的要穿長晚禮服。是晚，女傭把燙好的長晚禮服套上一層透明的塑膠袋，置放在車箱裡，因我們吃完年夜飯，要到婆婆家更換衣服。又有幾個人的車箱可以存放不裝盒子的衣服？

一般左鄰右舍都沒有自己的園丁，他們雇的是每星期來一次，每次服務八小時的公共園丁。我家有兩個園丁，似不夠，還有專事植物的不時來巡視。兩個園丁按日按月修剪花草，施肥噴殺蟲劑，草枯葉萎要馬上補植。院子裡花草青蔥碧綠，整齊美觀，那全是外子的傑作，我個人無功可請，只是坐享其福罷了！

有朋友要蓋樓宇，常要向外子請教，因為他們知道外子的水準，泥匠木匠手工稍有瑕疵都逃不脫他的目光。客人一踏進舍下四壁光潔平滑的大廳，除了感觸到一種幽淨感之外，尚會不知就裡的隱隱意味到一股難言的美感，其實那是天衣無縫的建築手工所誘出來的完美感。舍下屋裡屋外的風貌形態，也就是外子性格的櫥窗。

一九八六年

物質的迷境

兩個女兒中學畢業後，即負笈美國，接著在外建家立業，多年不在我身邊，公司的業務不需我問津，時間全是我的。如此「黃金歲月」，又豈能讓它白白的從手指縫間溜走？大膽的飛到位於半個地球以外的倫敦去上課，奢望為自己的暮年打拼出一條路來。拿到學位歸來後，把自己埋在菲律賓的中國古外銷瓷裡，日夜鑽研，舉辦展覽，編撰展錄。讀書是享受，工作更是享受；可惜「人生無常」。有工作狂的外子拋下了妻女、事業，以及他所擁有的許多寵物，猝然辭世。

外子於去年六月廿九日結束了他的人生旅途。原本再過三個禮拜，他就屆滿六十七歲了，可他已等不著。虛弱的肺囊輸不出足夠的氧氣，導致腦子混沌不清，心律狂跳不已，在馬加智醫療中心病床上昏昏沉沉的走了。圍繞在側的家人痛哭嚎啕，永恒的訣別本是人生最哀傷的悲劇！

喪偶後，生活裡自有劇變，大小擔子落在我肩膀上，日子再也沒有以前的輕鬆。最大的任務是接掌公司的業務，不會也得會。每天早上九時，中規中矩的穿了外套去上班，坐在外子黑皮高背椅子上，戰戰兢兢的做各種業務上的決定。以前是搞文化，如今則是在商場裡打滾。兩個世界、各有天地。

我一向誤認商，俗也，此愚思全然出於無知。人世間的各行各業都有其個別的學問。商業的目標是財，若沒有才，是得不到財的。相命士稱富豪的錢乃與生俱來，應該是一半命一半才吧？

繼業煞非易事，如何處理外子堆滿半個房屋的遺物也給了我不少煩惱。

外子在生時，極其講究他的衣、食、住、行。一年半來，他在各方面的朋友，頻頻打電話來詢問外子所遺留下來的各種藏品，大有收購之意。為了減輕種種的壓力，我情緒動盪不安的乘機割捨不少外子的寵物，如有溫度控制的三大櫥古巴雪茄，花了不少錢保養的數輛德國賓士Vintage汽車，數以千計的LP唱片，一對純種由香港帶入境有生日證書金黃色的Pomeranian小狗……等。老二天性至孝，看見我毫不沾戀她父親的遺物，緊鎖雙眉，眼神黯然。雖也有些許內疚於懷，我還是勸慰她：「人生要往前進。」且把她父親精心收藏的各種一品手錶全部給了她。是賣是藏，由她作主。她已表白過了，父親貼心的藏品，她絕不賣，真是好女兒！只擔心要她保養十來個瑞士精工手錶的機器，會太辛苦。

處理外子的衣履，才傷神呢，伊美黛的三千雙皮鞋，應是二十年當第一夫人貯存下來的。謝天謝地，外子只遺留下六十多雙歐美名牌皮鞋。有朋友勸告我，要早日解決，皮鞋不穿，鞋皮會發霉腐爛。於是，我盡快找親友來選取。鞋櫥裡，每一雙皮鞋都擦得光澤奪人，有的幾乎無異於嶄新的。外子有潔癖，頭足全身整潔英挺的形象是他的品牌。每天早上洗澡完，梳頭髮要花上半個鐘頭。壁上的大鏡照前面，手裡的小鏡照後面，頭髮要梳無數次，梳到前後一絲不紊才肯罷休，分髮線也一定要筆直才行。等候頭髮乾了，再小心謹慎的噴上髮膠好讓在位的三千髮絲不動亂。就因為梳得太完善，竟然有人竊問他頭上是否戴假髮。

衣服稍微有皺紋，他是穿不下的。家裡的女傭，他最「器重」的是燙衣婆。出門時，他身上的衣服肯定是平滑光潔，毫無皺摺。每次去香港，在飯店櫃檯登記後，一進房間，就急不及待的把所帶去的襯衫、外套、長褲拿給茶房去燙。他自嘆個性難改，處處不方便，這也是他不好出國旅遊的原因。四十五年前，我對他的性格尚莫知高深，去東京渡蜜月，衣箱裡帶了一支旅遊用的小熨斗，當時還殷殷傻傻的問他是否有襯衫要我燙。他搖搖頭，輕聲說：「不必了。」我還以為他是怕我燙焦了手呢！

談起外子獨特的生活作風是談不盡的。我們家女傭那一本男主人的穿著筆記本，那真是未有所聞。專門照料外子衣物的女傭，每星期日下午，右手捏著原子筆，左手握著筆記本，一臉莊穆的站在男主人面前，聆聽他的吩咐，將他星期一到星期五上班要穿的西裝外套、襯衫、皮帶、襪子和皮鞋全記清楚。每天早上，當天要穿的衣履必已燙好、配好，預備好在他的更衣室恭候。穿著時，只有領帶要他自己動手，大概是因為要在兩大抽屜裡，紋飾繽紛的領帶挑選，與頭腦不太靈光的女傭說是說不清的。

袖外子一大衣櫥的長、短袖襯衫，我已拿定主意要分發給公司的職員。西裝外套的款式千篇一律，不是雙排，就是單排的鈕扣。顏色不外灰、藍，褐色等。襯衫卻多色多樣，有單色的、條紋的、格子紋的、花紋的……清晰易辨。每一打開他的衣櫥，就如見其人；是以，留下幾件花紋特別熟悉的做紀念。其實，衣在人不在，更傷感。

我把五個大塑膠袋外子的襯衫帶到公司去，秘書報告說，衣服一到，即刻被搶光，每個男女職員笑盈盈的拿了四、五件。女職員說是要給她丈夫或兒子的。乍聽之下，若有穎悟。職員們可能一生沒穿過質料如斯輕細柔和的襯衫，一陣快慰涼上心頭。能分送給他們外子在生所享受的物質也是佈施之舉啊！

女兒們去美國唸書，兩間空房裡的衣櫥掛滿了外子的西裝外套，已經氾濫成災。每一套放在一個四尺長，有拉鍊，厚厚的塑膠袋裡保護著。據我所知，那些意大利製西裝，大多是在香港半島酒店高級男裝店「韻詩」Swank Shop購買的。這個人有奇異的性癖，看上一家鋪子，那必一往情深，至死不忘。在他心目中，香港也只有這麼一家男裝店鋪。飯館亦然，鍾情半島酒店的中餐廳「春月」，每次在港時，天天走上門，像是他私人的餐廳似的，所點的菜，也不外那幾道他所適口的，百吃不厭。

目前最大的難題是如何安排外子多年來所累積下來八十套意大利製西裝的去處。有朋友建議上網在e-bay售賣。我有此精力嗎？最好是送人。送誰？迄今解決辦法闕如，但願他來夢裡指點。

對了，還有那些懶得去計數，五顏六色的領帶，怎麼處理？著實茫然未知！

外子對物質縱情享受的作風，是其高級品味與特殊性格的反映，卻亦使他成為物質的囚犯。猶記先父富含哲理的話：「花錢要花在人家看得到的。揮霍在賭場或女人身上，人家看不見，那就沒有光彩！」生活裡的點點滴滴，有時是像半杯水，見仁見智，那就任由智慧去評判吧！

一九八九年

從接待亞華作家代表談起

第二屆亞華籌備委員會我是財務組組長，然我與莎士有默契，我一定臂助，能幫多少，就幫多少。膳宿，歡宴，機場接送，點點滴滴，已夠莎士忙得團團轉。我乃越俎代庖，把開會結束後兩天的招待節目，全部承擔下來。（十二月四日下午閉幕後，遊馬尼拉海灣觀賞落日也是我安排的。）不料，這是一份吃力不討好的工作！

葉來城先生所發表的「亞華會議花絮」一文中，對我家族的抨擊，我不能不根據事實，加以申辯！

十二月六日的都市遊覽，第一目的是華僑義山。在遊覽車上，我已先給各位作家代表介紹過：菲律賓華僑有一種奇風怪俗，即要替先人蓋水泥墓厝。凡事具有正副兩面。這種奢靡風尚委實不是好的風尚；但誰也道不出是怎麼開始的。反過來想呢，這是菲律賓華僑行孝的表現。時代紛更，世風不古，我國儒教裡的孝道於今已不被重視。據說即令在國內，也如此。菲律賓華僑尚能維持古風，克盡孝道，不能不為人所稱頌。

菲華的風俗是整個華僑社會的責任，我家族只是入風隨俗。先父在生非但熱愛中華文化，對教育慈善事業更時時慷慨捐贈。他辭世時，先蔣總統以及五院院長均賜輓聯，現已被改為木刻，懸掛其墓厝廳堂雙壁。（此乃僑界中鮮見殊榮。）除此之外，別無他飾。墓厝外形雖屬中國古典款式，（因先父生前酷愛中國藝術）室內既無畫棟雕樑，亦未有目迷五色的天花板。除了門口豎有兩支朱柱，舉目僅赤與白兩色，素雅莊嚴。又不是歡慶場所，悲哀都已來不及，為何還要「雕龍畫鳳」。葉先生的所謂「金碧輝煌，極盡奢侈之能事」完全不符事實。何家驊先生一九八三年十一月隨亞華作家協會代表團來菲訪問後，在其「其行記事」文中寫著：「聽到去過馬尼拉的朋友回來談，甚至有人在報上寫出，形容義山崇樓傑閣、踵事增華，這次實地參觀之後，反而釋然。因為實際情況也只是在祖宗墳墓上面加一間上蓋而已，即使有幾處墓園較大，也說不上奢華。」

葉先生引據某作家的喟嘆：「要是能把這建墳墓之錢，移作教育，慈善事業，不知將惠及多少人，造福社會多大呀！」

殊不知當年我家族購買先父墓園地皮所付錢額，全部由善舉公所捐建崇仁總醫院（註一）。這不是造福社會，是什麼？每逢先父忌辰，我家族均撥出一筆款獻捐醫院，養老院，中、大學，以及其他教育慈善機關，以繼承先父生前樂善好施的典範，此行善之舉實施不止十年。我倒想知道僑社中有何家族有同樣作風者。

某作家謂：「香港和新加坡的華人，即使有錢，大概也不會想到要給祖先建一個有抽水馬桶現代化設備的墓墳……。」

香港和新加坡的富家子弟不替先人蓋時髦墓厝，他們所省下來的錢是否都捐贈給慈善，抑或糜費在購置遊艇與勞斯萊斯（Rolls Royce）車上？我不詳其情，不敢妄加批評。

也許我們要學習西方人開明（broad minded）的思想。一位人類學家來到華僑義山會很客觀的把它收入菲律賓少數民族文化的資料裡。他絕不會輕易批評人家的是非。我相信中、南美洲，以及世界其他角落，一定有比我們更怪異的風尚，被學養夠格之士碰上了，諒不會大驚小怪，因他明白世間的禮俗全含有哲理，都是象徵性的。

每次陪同遠客到處觀光，介紹菲律賓文化，我老愛從我們[註二]的歷史背景講起，以使人家了解為何菲律賓是亞洲最西化的國家。從我們的西方教育所培育出來的造詣，有兩種相當傑出的專業，即醫士與建築師。帶客人參觀國際會議中心和馬加地新建社區，是要他們對菲人在建築方面的成就識得一二，其風格比起臺灣、香港要出色許多。羅蘭女士去年來菲參加第二屆亞華會議，曾經告訴我，啟程前有朋友譏問她：「妳為何要去菲律賓？他們好落後啊！」招待各作家代表遊覽馬加地時，我並無意帶他們參觀舍下，後因車上有人要求，我立時想起羅蘭女士的話；把心一橫，索性答應了，低聲叫車夫繞回富美村。不過，我特意提高嗓子很客觀的解釋道：「中國人最大的享受是吃，菲律賓人的則是住。各國文化迴異，品味當然隨之不同。」我並且名正言順的宣告：「舍下具備代表性，主要目的不是要你們參觀某某人的住宅，而是要介紹在菲律賓，某些人的生活方式，以及菲律賓建築的水準。」

口袋裡有錢不是愧天怍人的事，僑社裡豪富人家比比皆是；然花錢要花得有適當的格調（with taste），那還是一門學問呢！

去年，聯副專欄「未名集」曾以專題漫談「排場」：「許多富貴仕女，只懂得買名牌，吃貴的，真正能在衣食住行諸事上表現得有格有款，真的還不多見。」

「問題是，錢的確是有了，而且真還不少，因為不懂得消費，再奢侈也擺不出一套中規中矩的排場來。」

一九八六年

☆註一：菲人所開闢的馬尼拉紀念園（Manila Memorial Park）的墓園越來越講究，比起華僑義山毫不遜色，人家還是商業性質的。

☆註二：我並非數典忘祖，然生於斯，長於斯，且是入籍菲公民，每與外人談起菲律賓，我總是說「我們」。

第三輯　綺麗的異國風情

倫敦戀情

近年來我對中國陶瓷的偏愛，日益加濃，主因之一是菲律賓陶瓷學會的圖書館設置在舍下，我可以朝夕在諸多書籍中翻閱研讀，無形中發掘出不少皮毛的知識。自悟此門學問大矣，深矣，自我摸索，不是入門的理想途徑，乃竊竊等待有良機去慕名已久的英國倫敦大學正式求學。

倫敦與中國陶瓷

中國陶瓷在歐洲，尤其是英國，早於三十年代即享有一陣熱潮。倫敦幾個大博物館的收藏很多是早期的收藏家所捐贈的。Sir Pericival David亦即英國最負盛譽的中國陶瓷收藏家，出身富家，三十年代為經商，頻頻涉足中國。因熱愛中國瓷藝，四出蒐集，與北平名古董商大打交道，且與王宮府第中人有著特殊的交情，因著特權的關係物色到無數精品。據說稀世的汝窯，遺存僅三十三件，一半被羅致在他的收藏裡。他晚年把窮年累月所收藏九百多件中國古瓷獻捐給倫敦大學，其中以各種典雅的宋瓷與珍貴的明朝早期的青花瓷最多。倫大把這批價值連城的珍品擺設在亞非學院附近的一幢四層樓裡，取名Percival David Foundation，簡稱PDF，第一、二、三樓全部是陳列所，第四樓則闢有教室，所授課程是「中國陶瓷——十至十七世紀」。學生除了在課室聆聽講課外，經常在講師講解下周旋於陳列所，視察撫摸瓷件。美國長春藤大學，普林士頓與史丹福考古系裡均有「中國陶瓷」此一課程。我相信教授示範各種瓷器，大部份要採用幻燈片，那較之倫大未免略遜一籌。研究中國陶瓷與他不同，不能單靠講課與書本，必須參考真品，以辨識瓷件的胎質，釉色，體量等等。撰寫專題報告與論文、樣本更是不可或缺的資料。

倫敦除了PDF外，大英博物館的中國陶瓷收藏，包羅萬象，質量齊觀。Victoria and Albert Museum的亦甚可觀。我撰寫論文時，曾去函給該博物館遠東藝術部主任Rose Kerr女士，要求參考其studies collection的許可。我的論文題目是《中國青花瓷在十六世紀的發展》。他們有不少良莠不齊的十六世紀青花瓷，誠是我研究的好資料。倫敦市外，附屬牛津大學的Ashmolean Museum亦有很精彩的收藏，雖然數量不能與倫敦的幾個大收藏倫比，但每個博物館的收藏別具特色。Ashmolean Museum所收藏早期的青瓷是他們所自豪的。倫敦豐富的中國陶瓷收藏。在西方無出其右，此乃研究中國陶瓷最理想的條件之一。

五十年來英國出現數位赫赫有名的學者專家，著述之多遠勝國內，唐宋元明清的陶瓷都有專門的書籍。英國素以濃烈的學術風氣見稱，實也不足為奇。PDF的圖書館，舉凡有關中國陶瓷，中英文版的書籍，刊物，目錄，無不齊全，真是「生也有涯，學也無涯」。

為求學，我在倫敦旅居二年，覺察到中國陶瓷不但是聲望極隆的英國拍賣公司Sotheby's和Christle's每年度拍賣主要的項目之一。且是各種排場巨大，在豪華飯店所舉行的古董展覽最受矚目的熱貨。日本、香港、新加坡的古董商無不蜂湧而至。一般英國人對中國陶瓷的興味，可藉此略見端倪。

求學倫大　擴展視野

我進倫大本是為主修「中國陶瓷」此一課程，但為了要拿學位，功課壓力逼得很緊。所幸有關中國陶瓷，近年來在書本上翻翻閱閱，一般常識尚能粗通，故唸起來並不太吃力，大部份時間倒是糜費在其他課程上，其中以「中國藝術史」時間佔據最多。要把中國四千年來各種藝術恒古漫長的演變史擠壓在一年內一一探研，將是何等徒勞！因為所涵蓋題材很廣泛，Whitfield教授除了循例每個禮拜在課堂授課兩個鏡頭外，很慷慨的另外多給一個鐘頭，而是在憐近大英博物院內上的課，因為商、周青銅器，漢陶塑陪葬品，北魏、隋、唐石雕，中國繪畫上自六朝顧凱之畫品，唐朝敦煌人物畫，明朝宣德御筆，以至清朝各名家的真蹟，全在該博物館收藏之林裡。在西方研究我們老祖宗所遺留下來燦爛的文化精髓，大大加強我們身為炎黃後裔的自尊。雖然明知輝煌的史蹟已屬過去，穿梭來往於英籍同學之間，仍扼制不住幾分神氣。

另一課程頗使我費神費力的是「回教國陶器的概述」、「回教國」非指一個國家，或一個地區，而是包涵近東多元回教國家，包括伊拉克、伊朗，敘利亞、土耳其、埃及、北非諸國。選修此一課程時，我稍有躊躇，因我對回教國的文化素昧平生，範圍又是那麼複雜，單是苦記那些詰屈聱牙的名稱，已夠勞神；不過，他們溯自公元六世紀即有很發達的陶業。回教國歷史悠久的陶藝傳統是舉世知名的。限於天然原料的缺乏，他們只有陶而無瓷。一般陶藝與中國的倫比，略嫌遜色，然彼此陶瓷藝上都有很顯著互相影響的陳跡，此乃引起我對此繁雜課程的興趣。

中國近東　藝術交流

遠自漢朝一直到了唐朝，中國與外通商多靠古絲道，自長安出西疆而入米索布達米亞。外銷貨品中唐朝的白瓷與青瓷都是近東陶匠所傾慕的，此皆有回教國文史的考據，繁重的瓷貨可是由水路輸出的。我國唐朝國富民安，當時長安是不可一世的國際貿易中心，出現了不少來自近東的巨賈富商，隆盛的出入口貿易促進了藝術的交流。唐三彩燒造的技巧是否源自近東，因他們也有類似的陶器出產於同一時期，很難考證；但唐三彩中有些造型與紋飾的確是從近東器物中蛻變出來的。中國瓷業的發展由樸雅的宋瓷而「華麗」的青花瓷，在風味上是個大轉換。青花瓷的問世是否直接或間接受外來的文化所影響，亦很難論斷。元朝蒙人因著追求利潤，與近東的貿易更加頻繁。青花瓷到了十四世紀才有大量的生產。許多造型、尺寸，以及紋飾的作風都是專門為近東的顧客所設計的，因為他們是那個時期主要的市場。名貴的早明青花瓷中仍有些造型是取自近東金屬器的。明朝青花瓷產量最盛是在十六世紀。除了供給國內市場外，且大量輸入近東，很受當地人的著迷。土耳其十六世紀與伊朝十七世紀所燒造的青花瓷，紋飾全是中國的風味。

回教國的陶業於十七世紀後日趨下坡，衰退不振，及至十八世紀乃被歐洲幾個國家諸如英、德、法、荷等國新興的瓷業所淘汰。

倫敦與回教國陶器

倫敦主要的博物館都有很豐富的回教國陶器的收藏，看樣子倫敦也是研究此道之處。我在倫大就有一位同學是來自土耳其的，亦是考古系碩士研究生。與她初識時，我曾叫嚷著：「難道妳要老遠的跑到倫敦來研究貴國的文化嗎！」話說出去後，頗覺尷尬，心想自己何不照照鏡子。

求知之樂　人間福祉

我所修課程平均每十天要呈交一篇專題報告，且要應付年終的大考，壓力非同小可。追想當年學生時代，讀書真是苦不堪言，遇到考試，囫圇吞棗，窮於敷衍，可憐亦復可笑。年屆中年，能瀟瀟灑灑的恢復學生的生涯，有如鴨子之於湖水，心理的境界美妙得不知是在夢中抑或在天上，因為對求知大有一種如饑似渴的心態。如果沒課，我每天早上九點會懷著靜如止水的心情，習慣使然的踏進圖書館，伏案猛讀，或收集資料，撰寫專題報告，或細心筆記，預備大考。終日沉浸在文化藝術裡，恍然與外界的煙塵隔絕，別有天地樂趣。室外的氣象，是晴是雨，一無所覺。到了六點才盈腦盈心的拖著疲憊的身軀在暮色中緩步回到近在咫尺的公寓。奇怪的是除了在學校餐廳吃中飯時與同學搭訕幾句外，在圖書館裡默然無言的潛心研修，到「打烊」時，常是沙啞著嗓子回公寓，好像身上的元氣全散掉了似的。要「復原」卻不難，一進臥室，只要一扭開立體電唱機，播唱心愛的巴巴若蒂或杜名哥的選曲，已夠我解勞。支支纏綿悱惻意大利歌劇的獨唱曲，本是最能使我神魂飄蕩的。

頓開茅塞　感於先父

當年在倫敦求學，幾乎一分一秒沒有虛擲過，雖然所學乃滄海一粟。時間如奔流，再好的光景，也會飄忽似的過去。遙記昔年幾次隨侍先父涉足倫敦，少不更事，每次奉陪他老人家參觀他最心儀的大英博物館時，巴望著那些「枯澀乏味」的中國文物，那副「不知不覺」的可憐相，至今思之，能不羞愧！數次在該博物館作研究工作時，無時不想起先父，畢竟是他賜予我的靈感，我對中國藝術能情有獨鍾，完全是秉承他老人家的嗜好。待我啟蒙時，我們已幽明永隔。悲哉！痛哉！

倫敦、倫敦　文化大城

以前我曾以觀光客身份遊覽過倫敦多次，自忖再閃電式的跑十趟，對倫敦仍是那種「似曾相識」的印象。廿年來，倫敦的風貌依然故我，很少更變。我這次在那兒租了兩年半的公寓，竄進她的心臟，揣摩到她的脈搏，宛如一個男人被一個嫵媚的女人吸引住，我熱戀上了倫敦，主要的因素是我分享到她的精神文化。在學術方面，所身受到的經驗在我生命裡激起了一股很強烈的衝勁。倫敦不但在學術方面令人景仰，她首屈一指的文化藝術的水平也是一大魅力。我年假春假由菲回倫敦時，在「喜第」機場上，移民局員從未忘記問我入境的目的，我老是故意調侃道：「忙的很，倫敦是文化藝術之都嘛！」

英國甲天下的戲劇傳統是家喻戶曉的。倫敦有五十家戲院（電影院不在內），一半以上雲集在西端區。倫敦戲院之多，即令紐約的百老滙也不能與其匹敵。近年來最賣座的音樂戲劇是《悲慘世界》（Les Misérables）與《歌劇魅影》（The Phantom of the Opera）：改編自雨果的名作《悲慘世界》出口到美國百老滙的舞臺去，非常叫座，盛況空前。英國人無休無止的在報章上大吹大擂，刻意的陶醉在那份趾高氣揚的征服感裡。這齣戲的門票，我還是五個月前多花百分之二十的傭金向戲票經紀人買的。《歌劇魅影》的戲票更難買。半年內的門票全被搶買一空。眼福還是香港摯友蔭庇的，他們以三倍價錢在香港買的黃牛票，到了倫敦請我一齊去觀賞。這種戲的節目刊裡不放演出人的名字，因為不知戲命要延多長，五年十載絕不稀奇，演員的更換性必大。倫敦長命戲中破記錄的是Agatha Christie的《補鼠器》（Mousetrap）。一九五二年開始上演，迄今已進入第卅五年的記錄。另外一部戲《英國佬不談性》（No Sex Please, We're British），十幾年前我即已看過，最近才收場，戲命也夠長了。偵探劇與喜劇是英國人最狂熱的。他們的文化水準極高，文藝劇作也很吃香。英國名劇作家格林、王爾德等留有作品於今年內推出，俄國契珂夫的「三姊妹」演出時，票房甚佳。

歐洲幾個國家如義、法、奧等國皆有很出色的歌劇演出。因歌劇製出的經費異高，每年的歌劇季節也僅三、四個月之久；唯獨倫敦每年有十個月的歌劇演出。兩家歌劇院是擁有兩百年歷史的皇家歌劇院與國立歌劇院，經費要靠政府藝術委員會的津貼。皇家歌劇院唱原文，演出陣容中常有當紅的國際男女高音，導演，與交響樂隊指揮，水準極高，票價亦高，好的座位分六十和四十五英鎊兩種價額。皇牌西班牙籍男高音「杜名奇」蒞臨倫敦，參加該劇院所推出蒲契尼的「波希美亞人」的演出時，我興沖沖的很想去聽賞，卻張羅不到劇票。國立歌劇院唱英文，顧名思議，所有歌劇全被譯成英文，演出陣容盡是本國人才，票價亦僅皇家歌劇院的一半。意大利歌劇不但被該劇院英化，且偶而被現代化。蒲契尼的「杜斯卞」的佈景服裝竟以廿世紀最摩登的面貌出現，也真絕！

皇家歌劇院且具有很精絕的芭蕾舞團。芭蕾舞與歌劇在該歌劇院輪流演出。許多歐美首席芭蕾舞星都在那兒亮相過，大有「一登龍門，身價十倍」的風氣。最佳座位是廿七英鎊，是其他劇院的兩倍。皇家歌劇院的聲譽馳名世界，劇院算是倫敦最堂皇繁飾的了，可是比起米蘭的La Scala，巴黎的L'Opera，以及維也納的Staatsopera那真是破落寒傖，且是位於Covent Garden菜市場邊；但英國人對文化藝術的熱忱並不亞於歐洲任何民族。這些「高眉」的秀，門票也是幾個禮拜前就要定購的。若臨時有事不能趕會，劇院售票處窗前等退票的長龍有的是。每置身在劇院裡無不座無虛席，很受我的感動。一般觀眾穿著多以晚裝出現，以示對文化藝術的尊重，但與會的仕女卻很少佩珠戴鑽。英國女人可以沒有珍珠寶石來炫耀她們的物質生活，可不能沒有文明藝術來滋潤她們的文化生活。倫敦的文化風氣，令人讚嘆！

倫敦是一個很有氣派的文化城，認識了她，不能不迷戀她！

一九八七年

倫敦回味

倫敦，這個文化大城值得我眷戀的太多了。最過癮的莫不是四、五年前在倫敦大學求學的經驗，那種鎮日在圖書館窮讀的求知之樂，令人回味無窮。猶記學校裡年青的英國同學常訕笑我：

「妳怎麼天天都在圖書館裡讀書啊？」口氣裡好像我很不正常似的。

「我千里迢迢來到倫敦，就為讀書嘛！」

讀書在成年人是一種至高無上的享受；在年青小夥子則是一件苦事。有人鄭重其事的讀書，他們會看不順眼，甚且會小覷他。除了時間以外，成熟幾乎別無捷徑。

今年年初，我曾為菲律賓東方陶瓷學會籌備過一個在菲出土的青瓷展覽，不由掀起我對附屬倫大的大衛中國藝術基金會（Percival David Foundation）的思念。我在倫大研究中國古陶瓷，就在該博物館上課。已故德衛先生不但是收藏家，而且是學者，所以他所收藏幾近一千件中國瓷器大部份是精品，青瓷中就有不少名貴的南宋龍泉窯青瓷，且有好幾件具有稀世的「粉青」釉色以及元代僅有的銹色貼花青瓷。其收藏大部分是在中國大陸搜羅的，絕非外銷南洋一帶的貿易瓷所能倫比。

倫敦的文化精神校內校外都有的汲取。高水準的耳目聲色之娛，本是倫敦的絕色。叫座的歌劇、音樂會、芭蕾舞、話劇、音樂劇、林林總總，不知凡幾，在歐洲無出其右，即令紐約亦略嫌遜色。倫敦有些聲勢浩大的音樂劇，一上演，座位即被搶購一空，幾年後，尚能保持極高的票房。小眾化的歌劇、音樂會、芭蕾舞，雖然不那麼轟轟烈烈，但也很賣座。人家說，藝術的市場相當於埃及的金字塔，境界越崇高、銷路越偏狹。高等教育在英國並不普遍，但是大不列顛是文明之國，藝術風氣頗盛。只有在倫敦，「高眉」的歌劇一年有十個月的演出。兩家歌劇院，一家唱原文，一家唱英文。我很迷戀歌劇，兩家歌劇院的演出我觀賞過數次，沒有遇過冷場。

就如中國人、英國人有尚茶之風；但是他們不產茶，喝的居多是來自錫蘭上選的紅茶。英國人喝茶習慣放糖和牛奶，是嗜好考究茶的清香的中國人所不可思議的。他們的下午茶很隆重，必以點心佐茶。英國人處處不忘階級觀念，單只是喝茶的習慣，就因社會階級不同而異。三時至五時的下午茶是中、上層階級人士時髦的社交儀式。請朋友到家裡吃下午茶是英國人最傳統的習俗；而大飯店裡幽雅的茶廳更是倫敦的特色。

美國五星飯店最迷人的風光是櫃檯前豪華的廳堂。一步入紐約的Waldorf Astoria大飯店，如同進宮府似的，要費至少一分鐘的時間穿越一個又一個裝潢華麗的大廳堂，才能到達客人登記的櫃檯倫敦的歐式大飯店，最宏偉的氣派則是在佈置得美輪美奐的茶廳lounge。古典世風在倫敦很得寵，每家大飯店都設有專門供應英國人稱為

「高茶」（high tea）的廳堂，而且都是正統典雅的格調，茶具全是光閃閃的銀器與飾有雅緻花紋的名牌瓷碟瓷杯，如Wedgewood、Aynsley……等等，不難看出英國人的茶道、茶具與茶葉並重。茶單裡列有數種名茶，只要點茶，「高茶」裡三道點心是固定的。第一道是三角形的三明治，竟然有葷有素，我最厭惡的是黃瓜素三明治。英國人食物的品味，真叫人不敢領教。第二道是一種名scone的鬆餅。第三道是甜品。千遍一律的茶點，亦千遍一律的價錢。英國人呆板、守舊，於此略見端倪。有的茶廳別出一招，設有小型樂隊（chamber orchestra），演奏古典音樂，情調絕佳。

英國茶廳對我有一種不可抗拒的魅力。在倫大，除了上課，白天盡窩在圖書館裡讀書。欲舒解一下倦怠的精力，心血來潮時，我會在一個周末的下午，卸下羊毛衫、方格子純毛裙子的學生裝，衣履風流一番，穿上平日無用武之地的意大利套裝、絲襪子、高跟鞋……飄飄然的去上茶廳，把自己引進另一個境界。

倫敦幾個名茶廳我都問津過。我並不屑喝加糖加牛奶的錫蘭紅茶，我也不熱中吃味同嚼蠟的黃瓜素三明治。醉翁之意不在酒，我所陶醉的是高級茶廳裡的萬種風情。最誘人的是Dorchester大飯店裡巍然龐大、宮殿式的茶廳，堂內設計完全是歐洲古典的風格。數根粉紅色有花紋的大理石圓柱子，配合牆壁上與地板上淺米色，光可鑑人的大理石，堂皇高貴。天花板上懸有一盞一盞奧地利水晶吊燈，把整個廳堂照耀得金碧輝煌。穿梭來往於茶桌之間的侍役，個個身著剪裁適中的燕尾禮服，儀表堂堂，或展著雙臂，端出一大銀盤的點心，或手托著一套盛有熱茶、牛奶與糖的銀茶具，必恭必敬的伺候滿堂生活優遊的貴族名流。花八鎊錢，即使不吃不喝，能一窺英國上流社會的風華，也就夠了。

就因為英國人好茶，所以他們習慣把自己心愛的人或物比成一杯茶。譬如有人提起她所愛好的網球，她會說：「那是我喜歡的一杯茶。」（That's my cup of tea.）

一九九二年

巴黎女人風流衣羅

前年六月初，捏了一把冷汗，在倫大參加畢業考試後，尚要等到七月放榜，才能開始撰寫論文。我乃決定先去鄰市巴黎逍遙翱翔一番。

服裝的新潮發源於法國，巴黎是名噪天下的時裝聖地。法國女性以講究衣裝見稱，自是順理成章的事。在巴黎，我對她們尤感興趣。曾在一個豔陽的下午，不慌不忙的在壯闊的香舍麗榭大道邊上的馬路咖啡座消磨一、二個鐘頭，為的是要飽賞行人道上，穿戴時髦的巴黎女人（Parisienne）的豐采。剛好巴黎的時裝正時興著示腰的風潮，上衣外套、或長或短、多具束腰、明顯的勾勒出身段的曲線，非旦溢滿女性韻味，且帥氣十足。幾天的細心觀察，使我對巴黎女性在穿著方面大開眼界。

倫敦多雨，前年帶去的風衣、幾經風吹雨打，已失色矣，很想在巴黎物色一件新的。看上了兩襲樣式迴異的，猶豫不決，只好向女售員請教。她嘴上浮起一絲笑容，很爽朗的道出法國人對衣裝認真的態度：「當然是這件有純棉布裡子的了！那件有尼龍裡子的較似賤貨。我們法國女人講究衣著，裡裡外外都不馬虎。妳若把這件上選的風衣披在手腕上步入機艙，有意無意的半蔽半露著純棉布的裡子，那多搶眼啊！」

那位法國女售員並不誇口。法國女性講究穿著，外表內底一樣風流。常跑香港的遊客，必覺察到在九龍尖沙咀鬧區，每走幾十步即會路過一家設有閃閃爍爍櫥窗的首飾店。在巴黎塞納河右岸繁華的商業區，最具吸引力，幾乎每隔幾條街即可觸目到的不是珠寶店，而是專門售賣女人舒趣花俏的內裝，包括內衣、內裙、胸罩、內褲、睡裝等等的高級內衣小鋪子（boutique de lingerie）。櫥窗裡所展示各款整套的胸罩、三角褲最耀眼，有絲綢的，有綾緞的，有蕾絲的，有刺繡的，嬌豔欲滴。顏色以香檳色最入流，其他顏色除了白色，以及含有刺激性的黑、紅、肉色外，尚有幾種淺淡粉彩色。巴黎女人驕奢浪漫，大概是隨著心情的起落調換內裝的，亦真會享受！即使要在大眾化的百貨公司購買胸罩，半層樓裡所展示一、二十個名牌夠妳花上半天的時間去精挑細選，可見法國仕女講究內裝是普遍性的。

一般法國人深具藝術氣質，講究衣履亦即他們的生活藝術之一。

原載COSMOPOLITAN中文版七月份法國專輯

我在法國

香水，時裝，紅酒都是法國驕人的名產，由是可以窺豹得出法國人的生活情調是何等浪漫，即使他們的語言亦饒富悅耳的音樂性。我對法語興味甚濃，只是十幾年來與它已完全脫節。八七夏天，倫大放假時，我乘機飛抵法國，先在巴黎縱情閒盪一番，繼往位於法國南部的里昂，上為期一個月的法語學校，也不過為遣興而已。

六月巴黎正值初夏，陽光和煦可人，各服飾店與百貨公司櫥窗裡塑膠模特兒招展著款款新潮的夏裝。拉法悅大百貨公司恰有一場優待遊客的時裝表演，入門票係由特別指定的旅館贈送。因為不是任何名牌的專門表演，且是免費的，旅館裡的櫃檯小姐問我是否有興趣時，我尚猶豫不決。男女時裝的設計是法國人的絕藝，到了巴黎，不欣賞一場法國時裝表演，似不解風情，乃決定前往觀賞。結果一入場，立即被臺上的魅惑力吸引住。每位身材修長，婀娜俏麗的職業模特兒踩著輕快的步伐，在臺上旋來轉去，生動自然，迷人的風采散發出一種飄曳感。當時正流行表露女人曲線的緊腰款式，短過膝蓋的裙子又是另一焦點，每襲充滿青春情懷的衣裝展示在她們的媚態下，益顯楚楚動人，有些色彩的搭配，更贏得臺下陣陣采聲，有如海軍藍色配珊瑚色，海藍色配棗紅色……雖屬同一色系，不同的色度與不同的顏色配合，竟然呈現不同凡響的美感。我從此穎悟到搭配色彩時，色澤的深淺要恰如其分，才會產生藝術性的效果，巴黎就是巴黎，住上一小段日子，即會吸取到幾許藝術養分。

法國烹飪是舉世聞名的，旅居巴黎時，盡情領略，很少在遊客雲集的商業區吃飯，常故意找坐落在鬧區以外，多是當地人光顧的飯館，為的是要享受一頓道地的法國珍饈。屢試不爽，直叫我心服。使我印象最深刻的是在都賽博物館（Musee Dorsay）附近一家裝潢幽雅的餐廳，品嘗到法國式的清蒸魚，津味鮮美，非常可口，與港式的清蒸魚差不多，只是魚邊所見不是蔥絲，而是一顆顆的capers，除此之外，沒有其他別的調味料，完全可以嘗到魚的原味，普通吃西菜，我對魚類很少問津，因作法不外炸或烤，單調乏味；因對法國烹調大有善感，乃躍躍欲試，果然不失所望。

我尤其激賞法國各式各樣的美食專店。五花八門的糕點店（pâtisserie）且不待言，麵包店（boulangerie）裡各種巧手天功的麵包，酥的，脆的，鬆的使我樂此不疲，把米飯的味道全拋諸腦後。在里昂，我還瀏覽過花樣繁富的朱古力糖專店（chocolatier）甚且留連過糖菓專店（sucrerie），玻璃櫃裡所陳列的糖菓，形色繽紛，包裝精美，我簡直把它們當藝術品盡情觀賞得出神。里昂的食藝在法國享有盛譽，我在那兒的時間比較長，得以嘗試到許多小吃。最使我難以忘懷的是他們的薄餅（crêpe），專門供應配以各種佐料的薄餅小食館，相當於我們的餃子館，但很具藝術風味。我曾在一家薄餅店（crêperie）獲得入畫般的經驗。我點了一道燻鮭魚薄餅，蛋黃色的薄餅鋪著層層的鮭魚片，橙紅色的魚肉上則綴有綠蔥花，盤邊蹲踞著一嬌小涼眼的檸檬瓣，我不由被彩畫般的盤面懾住。

據說法國人是最重視生活細節的民族，因為他們頗具藝術氣質，把生活完全藝術化，深為世人所稱頌。

戴安娜公主走了！

戴安娜公主車禍玉殞時，我正在巴黎旅館裡沉沉入睡。

七月初旬來美探視次女，一般美國人喜歡在炎熱的夏天裡四處旅遊，在華府世界銀行任職的女兒嗟嘆著：「一篇報告怎麼也寫不成，為的是該提供資料的幾個同事都告假出遊去了。」我因而向她建議：「何不也告假陪媽咪去巴黎浪蕩一週？」於是購機票定旅館全由她去忙，我享福了！

八月卅一日是我們返美的日期，當天一大清早七時我下樓到旅館的廳堂付賬時，櫃檯的人臉帶憂色以法語告訴我：「Diana est morte!（戴安娜死了！）」消息猶如雷擊劈，我怕聽錯了，睜大眼睛追問著：「戴安娜怎麼了？」他根據無線電的報告，縷縷述說車禍是子夜十二時半左右在塞納河畔為迴避攝影記者的追逐而發生的。醫生搶救了兩個多鐘頭，戴安娜終於凌晨四時不治而逝。聽得我脊背泛起陣陣寒意。

抵美時，一踏進華盛頓機場，女兒即刻去買一份報紙，頭版大標題果然是戴安娜遽逝的噩耗。（美東時間遲巴黎六小時，故來得及上報。）報導中提及出事前戴安娜與其埃籍男友伊法德曾在巴黎麗池飯店（The Ritz Hotel）共進晚餐，我不由心頭一震，原因是在巴黎時本有去麗池吃飯的濃興。我最心儀的巴黎風華之一即饒富歐洲古典風味，室內裝潢金碧輝煌，奢侈極致的大飯店。不是美國商業化連鎖五星飯店所能倫比的，單是屋頂上懸掛著一組一組的水晶吊燈，耀眼奪目，已夠吸引人，在那典雅高貴的環境餐飲是一種享受。麗池是歐洲老牌豪華飯店，聲譽極隆。一到巴黎，我就拿定主意要去該飯店吃飯。女兒鎮日窮逛服裝店，那有閒情耗費三個小時陪我吃法國大餐，我可不放棄那份雅興。廿九日早上細心粧扮，披上最得意的外套，盛裝步出旅館。打算先在豪士曼大街（Blvd. Haussman）徜徉打發時間，再去麗池赴與自己的飯約。不料被花都的時裝洪流所席捲，忘形忘時，直到中午一時多才像驢子似的雙手拎著大包小包返回旅館，其時已累得氣喘吁吁。麗池午餐的興味盡然煙消雲散。當天若去到麗池不會目睹到戴安娜的風采，因她是次日，卅日才到巴黎，然我對事情的發生會更為之震動。

回到美國，CNN與NBC電視臺日夜傳播「戴安娜之逝」的星星點點。美國人認為戴安娜之橫死所帶給英國人深沈的哀傷不亞於一九六三年已故甘迺迪總統被搶殺所帶給美國人激烈的創痛。他們也相信一般人對戴安娜的崇拜將是不朽的，有如對美國性感明星瑪麗蓮夢露（Marilyn Monroe）和貓王普里斯萊有（Elvis Presley）一樣。後兩者是美國大眾心目中永不磨滅的娛樂偶像。把戴安娜公主與他們比擬，不知英國人作何感想？

美豔迷人　無出其右

戴安娜最使人風靡的是她的美豔。她非但有出色的相貌，因是皇族，其雍容華貴的風度絕非一般美女所可企及。在其金黃色劉海下既羞澀又燦爛的顰笑是她特殊的形象。麗質高貴且純真可愛的風韻所散發出的是一種不可抗拒的魅力。她身為王妃時，極受皇室繁文縟節的羈絆。衣履方面只能穿著出自英國設計師之手的服裝與佩飾。滾邊、蓬袖、蝴蝶結種種不入時的款式常遭法國意大利時裝大師搖頭冷笑，但戴安娜高貴亮麗的風姿尚能使她在各種場合搶盡鏡頭。自從梅傑（Major）首相在內閣院正式宣佈查理王子與戴安娜公主離異的消息以後，獲得如鳥飛翔自由的戴安娜縱情的展開其私人生活的各種追求。時孑然一身獨來獨往於倫敦紐約，其服飾的格調亦隨之解放。她所偏愛素雅，畢挺的套裝和低領線條簡潔的晚禮服不僅展出她優雅的品味，並且塑出她獨自的風格，使她更光豔四射。婚變後，飽嚐世味的戴安娜變得更成熟，更具女人韻味，我想不出有比戴安娜更美豔迷人的女人。

璀璨婚禮　暗淡生活

歐洲有不少貴而不富的家族，戴安娜就出身在這麼一個褪色的貴族世家。十九歲後曾為一對寄居倫敦的美國夫婦看顧小孩，同時當過幼稚園老師。廿歲搖身一變，躍登為英國王妃。結婚之日，身披潔白婚紗禮服，頭戴鑽石冠冕，與查理王子在金色馬車上向倫敦街旁歡呼的民眾揮手致意，此時此景，猶如童話書本裡的圖片。戴安娜入宮後，一心一意想做個稱職的王妃，很快的為英國皇朝生下兩個王子，不幸的是得不到查理王子的愛。一個女人最大的悲哀莫過於丈夫的移情別戀。當她發現查理王子與舊情人藕斷絲連時，她的心破碎了！雖然保持著表面的關係，她過的是怏怏不樂，背人飲泣的苦日子，甚至於有輕生的意念。

戴安娜感情上受到傷害後，有一陣子大膽放蕩，亂交男友，是為報復仰或性格不穩定？叫人替她擔心，猶恐她不自愛，摧毀了她純潔尊貴的形象。有一次在紐約，記者採訪時，問她是否急著想回倫敦，她很坦然的道出她淒涼的心境：「兩個男孩已回學校，我並不急著要回空蕩蕩的皇宮。」戴安娜沒有受過高等教育，內涵如何我們不熟悉。她若有賈桂琳・甘迺達・歐納西斯（Jacqueline Kennedy Onassis）的歷史感與文化氣質，可能會有較遼闊的視野，亦可能會減輕她隻身獨影的寂寥。戴安娜與劍橋畢業的查理王子之間的隔閡，源由何在，外人不得而知。美國電視媒體要一位英國報人發表其對查理王子不忠於戴安娜的意見，她沒有譴責查理王子，答得很含蓄，亦很有智慧：「夫婦間的糾葛是講不清的。」

喜獲「真愛」美夢成空

戴安娜與著名花花公子法伊德熱戀，有人分享她的喜悅，也有人蔑視她的選擇。法伊德是情場老手，追求女人自是溫柔體貼，百般殷懇。渴求被愛的戴安娜之被征服是意料中的事。認識法伊德的人說他很懂得享受，一生沒有出過汗。這種人能與戴安娜相廝相守到老嗎？他是倫敦洽洛德百貨公司（Harrods）老板的少爺，哈洛斯比紐約的梅西百貨（Macy's）規模更龐大。我對它有份怯感，不為別的，只是怕進去出不來。每次推門而入就如遊迷宮似的，得摸索大半天才找的到要物色的東西。出來又是一大困擾，轉來轉去轉不出原來的門路。倫敦這麼一個雄偉的地方標誌給埃及人買去，英國人心裡大不痛快。大事追究老法伊德的底細，暴出他出身低微，是沙烏地阿拉伯億萬富商卡邵義（Khashoggi）提拔出來的，而不是他自己所稱「出自埃及名世家」。老法伊德幾次向英國政府申請入籍都未獲批准，他的太太還是英國人呢！（小法伊德乃出自他前任阿拉伯太太。）怪不得老先生要玩出戴安娜的牌。據說他兒子與戴安娜的事是他在背後拉的線，且予以經濟上的支持。法伊德帶戴安娜出國暢遊，飛機、遊艇、汽車全由其父提供。被敵視的法伊德家族又是伊斯蘭教徒，貴為英國王子的母親，戴安娜要嫁給異教徒的外國人，種族歧視強烈的英國人絕不能接受。兩個人的結合必遭英國上等社會的排斥。戴安娜於此心知肚明，但她顧不了那麼多，一個男人的真愛是她生命裡所匱乏的，也是她所珍惜的。

據說她與法伊德有婚後定居美國或法國的考慮。美國民主，開放的氣息本是戴安娜所嚮往的。她說過：「要不是為了兩個男孩，幾年前早已移居美國。」一如今法伊德要帶她遠走高飛，使她擺脫皇家對她的冷峻以及英國媒體對她的緊跟不捨的苦痛。她對來日的新生活充滿了希望，所憧憬的是一個溫馨，私隱，快樂的正常生活。孰料老天不作美，非但不成全她的美夢，還奪走了她的性命。五個月裡與法伊德三次乘坐遊艇出海逍遙，是否玩過了火，把生命給玩掉了？

關懷病患　觸動人心

極受世人推崇的是戴安娜的善用特權致力慈善事業。她不只是募款，做做樣子，而是到處探訪醫院親切撫慰病患。美國已故巨星伊麗莎白泰勒（Elizabeth Taylor）在電視上讚佩戴安娜對患絕症者的愛心。言及她不怕受傳染，與愛滋甚至痲瘋病患握手問暖時，感觸尤深，聲淚俱下。戴安娜絢麗的人性猶如她絢麗的儀表。其慈善活動大大提昇她在世人心目中的地位。

世紀葬禮　民心之后

戴安娜遺體運回英國後，千千萬萬人前往停靈的宮廷外，或獻花或點燭。出殯那天，英國百分之十的人口聚集在倫敦街頭目送戴安娜的靈柩。電視螢光幕上男女老少，悲傷噎泣的鏡頭令人動容。有人預測將來英國皇室任何人都不會有相等的哀榮。女王伊麗莎白不會，遑論查理王儲。世人不會忘記戴安娜的私願：「我不會做英國的皇后，但我希望能做人民心靈的皇后（Queen of Hearts）！」

媒體熱潮　殊屬罕見

美國幾個電視臺整整一個禮拜日以繼夜的專門播導戴安娜生與死的片片段段，各報亦無日無之的大幅刊登紀念戴安娜的專輯。美國如此，英國更不堪設想，八月卅一日是英國黑暗的日子，據聞戴安娜猝逝的消息幾乎佔據了英國報紙的每一頁。

英年早逝　身價劇增

卅六歲的戴安娜，匆匆一瞥，其傳奇性的生活在此浮華世界，映紅了半片天。芳華正盛，竟以悲劇收場，因而被世人「神化」，她如果銀髮之齡才辭世呢？還會有同樣的虹彩嗎？某英國歷史家對戴安娜的評論是其死勝過其生的光芒。

一九九七年
寄自美國

第四輯　中國文化之遺韻

英國拍賣官木槌下的中國陶瓷

英國人有癡愛古董的癖性，倫敦每年定期所舉行轟轟烈烈的古董拍賣會與展覽會，多不勝數。馳名國際的兩家大牌拍賣公司，蘇富比與佳士得，都有自己的拍賣場所。大型的展覽會排場相當大，居多是在豪華飯店舉行的，有的還多一花招，包下數間廳房，當充教室，邀請專家學者在展覽期間作一系列的專題演講，另收門票，既可提昇格調，又可增加收入。但主要目的乃希望大眾能多多培育各門古董的知識，以促使收買意興的飛揚。高明的生意算盤，令人嘆服。

創自一七四四年的蘇富比拍賣公司，今年已邁入兩百六十七年。倫敦以外，紐約與香港，每年循例有兩次拍賣會，其對中國古物的價碼頗具影響力。廿年來，傲視世界的中國古陶瓷在聲勢浩大的英國拍賣場裡激烈競價，收買風氣極為熾盛，一般價格大幅攀升。不過，不同地區的市場有不同的品味。唐、宋陶瓷在倫敦、紐約較吃香。明、清官窯則是香港市場的熱門貨。

今年蘇富比在香港秋季的拍賣裡，一件唐陶也沒有，只見拍賣前特別展出的一隻由倫敦空運來港，不止三尺高的唐代低溫三彩鉛釉馬，體態盎然，腰肥體壯，造型逼真，誠是唐代陶塑藝術的代表作。馬身褐色，背上的鞍橋披著一條深綠色的毯子，長垂蓋腹，色澤華麗。該馬將參加蘇富比在倫敦十二月的拍賣，預估可以賣得至少一百萬美金。唐彩繪陶馬並不稀少，但如斯大者，卻不多見。倫敦收藏家對中國早期的古物包括青銅器、唐陶、古瓷等等頗感熱切，這隻馬在倫敦應該有很高昂的身價，能夠遇到伯樂，那是無庸置疑的。

我個人較偏愛淡雅素樸的宋瓷，其比起饒富脂粉味的明、清彩瓷，大有一種高節傲骨的氣質。宋代各種單色釉瓷宋寧靜優美的風格是我國瓷藝上一大輝煌的成就。可惜的是典雅端莊的宋瓷並不獲得香港收藏家垂青。近年來，蘇富比在香港的拍賣會，宋瓷稀稀疏疏，幾乎是一年比一年少。猶記五、六年前，有一位業古董的菲女友，專程赴港要委托蘇富比售賣一件宋青白盌。因為瓷件很精緻，蘇富比當事人乃建議由他們負責把東西送往倫敦，以資提高賣價。今年蘇富比在香港十一月的拍賣會，三百多件古瓷中，宋瓷僅只十件，能不為之心冷？一件南宋龍泉青瓷蓮瓣蓋盌，具有泛藍的粉青釉色，色澤柔和溫潤。龍泉青瓷始於北宋初年，興於南宋末年，衰於明代中葉。一般南宋青瓷特別講究釉色的效果，尤以粉青與梅子青釉色最珍貴。這件南宋青瓷盌，因底部有瑕疵，估價只值六萬至八萬港幣，好不使我為之抱屈，幾年來的拍賣會常有它的蹤影。這次所拍賣的一件，行家只賞以七十萬至九十萬港幣的估價。但若遇造型與紋飾較突特的，價值必上揚數倍。這次有一件很惹眼的七寸寬早明青花菱型洗，寬口平底，淺腹，通身與圈足均作菱瓣。除了外壁菱瓣上飾有團龍外，器心器底繪有一模一樣的龍紋。耿寶昌在「明清瓷器鑒定」裡，對宣德青花瓷的造型有很詳細的介紹。據他的研究，菱花式洗器底多具款字，也有以龍紋，或龍鳳紋代款字的，但很稀少。蘇富比這一件算是珍品，估價六百萬至八百萬港幣，是這批青花瓷最高價的。極為罕見有紋飾的器底，被刊登在這次拍賣目錄的封面上。較常見的早明青花瓷上的龍紋猶如從天下降，具有翻滾騰躍的風貌，而這件菱型洗上所繪的卻是閒蕩的遊龍，但龍身粗壯雄厚，尚具威武的意態，比起嬌弱無力的弘治遊龍，猶勝一籌。早明青花瓷的龍紋，筆法之傳神，乃一絕藝。

我國製瓷的技術到了清代已精益求精，由於瓷土淘練得當，胎體細白，釉色晶瑩，清代青花瓷以康熙，雍正、與乾隆最著名，但因大量仿製明代的作風，欠缺創意。其藝術價值遠不如明代青花瓷，而其商業價值亦難望其項背。

青花瓷是明代瓷器的主流，但到了清代已退居為次要地位，取而代之的是各種濃妝豔抹的彩瓷。景德鎮的瓷匠非但繼承了始燒於明代的三彩、五彩與鬥彩外，更於康熙年間創燒法（王旁）琊彩與粉彩。粉彩在雍正時期達到最高水準。瓷工很成功的掌握粉彩燒製的技巧，畫師因而能盡情發揮他們的畫藝。

香港雅好古瓷者特別激賞清代用色絢爛，繪有富貴花卉以及各種祥瑞紋飾的彩瓷。拍賣會裡所蒐羅的清代彩瓷之豐，之精、令人愕怔。這次最受矚目的是一件豔冠羣芳的雍正粉彩瓷瓶，十六寸半高，造型穩重大方。瓷身繪有花鳥紋飾。畫筆精細，似近工筆畫的作風。繽彩鮮豔，襯托在純潔的白瓷上，更是醒目。生動的圖畫，應該是出自畫技高超的畫師的手筆。瓷面上的藝術效果不亞於絹或紙上的繪畫。行家貪婪的予以八百萬至一千萬港幣的估價，打破這次拍賣會的價格。

另外還有數件令人心驚肉跳小型的雍正粉彩瓷盌與瓷碟，全在三百萬港幣以上。一隻直徑三寸半大的小盌，外壁繪有企鵝嬉戲於花石間的紋飾，意趣橫生，色調柔美，十足展示出雍正精湛的瓷繪工藝。另外一隻廿寸不到的瓷碟，碟心綴有兩株剛勁挺拔的樹枝，開著一朵朵的白梅，旁邊守候著幾朵連在枝葉上粉紅色的玫瑰花，運筆熟練，設色清雅。尚有一隻很精美，直徑五寸半的瓷盌，不知何因，賣主臨時打退堂鼓，抽回瓷件，但蘇富比百分之十的傭金當照付，四百萬港幣的估價，亦即四十萬的傭金。

英國人經營的蘇富比拍賣公司在香港從我國藝術文明上大肆淘金，亦已有廿年的歷史了！

後記

本文完稿後，不日忽然在Herald Tribune閱讀到一則使筆者駭然變色的新聞，報導香港蘇富比拍賣公司棧房裡的一隻價值一百三十萬美金的唐繪彩陶馬在運回倫敦前夕被竊賊抱走了。英國鐵路退休基金（The Brtish Rail Pension Fund）有一大批藝術珍品包括中國早期的古陶瓷、青銅器、雕塑品、銀器與漆器等等，將參加蘇富比在倫敦十二月十二日的拍賣，那隻遭殃的馬亦即其中之一。

脫稿於菲京

原載《香港文學》月刊1989
菲華文學專輯

青瓷碗內的荷景

華裔文化傳統中心陶瓷館所陳列菲律賓出土的浙江青瓷，有我所偏愛、受唐代詩人吟詠、「千峰翠色」的越窯，也有飲譽全球的龍泉窯。後者當中，我極喜歡賞玩的是一件刻有荷花荷葉的瓷碗，年代是南宋早期或十二世紀。每次陪同客人參觀時，必在它面前佇立許久，戀戀不捨該瓷碗內壁所綻露的藝術意境。

龍泉窯在數百年的燒製過程中，經歷了不少變化，所產瓷品，不同時代有不同的風貌。飾有刻劃花紋的瓷件盛行於北宋中晚期，是龍泉窯早期的產品。碗盤內外壁都刻有花紋，且多輔以用梳子狀的竹具有所梳出細密的篦紋，以增加質感。這種時代的風格到了南宋，已不盡雷同。碗盤只有內壁綴有刻劃花紋、圖紋比前者稀疏，篦紋也幾乎絕跡。

宋代瓷匠的刀法很有特色，刻時刀面傾斜，所刻線條內深外淺，所敷釉層呈現出深淺不一的色調，效果尤佳，很有藝術感。蓮花是南宋的主要紋飾。

華裔傳統中心的荷花茶葉青瓷碗展示出龍泉窯瓷匠精湛的刻技。對稱的二花二葉佈滿僵硬瓷碗內壁，所刻劃的荷景，韻味十足。雖是民間藝術，竟有靈有氣、有情有趣。速刀向上滑出微斜的荷莖，支撐著盛開過的荷花，扶搖在空中。線條剛勁有力，生動鮮活，且有動感。刻工很見功力，雖是不久將凋零的花朵，卻生機勃勃，婀娜多姿。由於荷花已近黃昏，池塘裡粗大傘形的荷葉恪守本份地下垂作叩首狀。看似隨心運刀，但穩重有力、明快流暢，散發出雄渾的氣勢，既浪漫又寫實、很感人。整個畫面宛如一幅墨氣淋灕的水墨畫。張大千大魄力大手筆的墨荷在蘇富比與佳士得拍賣行標價高達三十萬港幣，不可一世。八百年前宋代龍泉窯瓷匠一揮而就的刀法，精采不下於張的筆法。

有人說過：「文化藝術無新舊，只有燦爛或敗落。」

二〇〇一年

南宋早期青瓷荷花碗

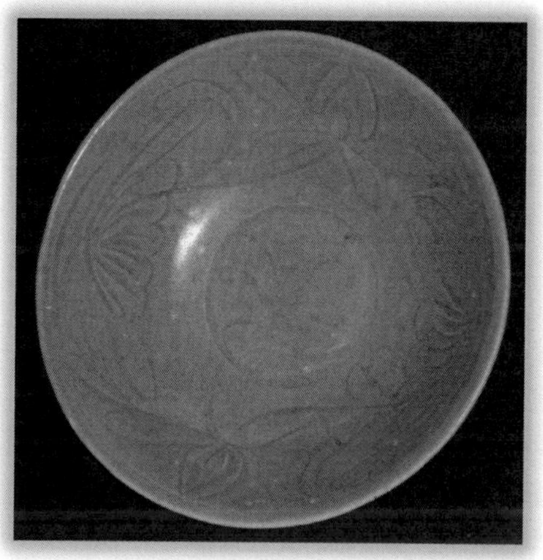

陶瓷情愫

自倫大進修歸來，匆匆已有七年。時間過得比飛箭還快，日子要不是在忙碌中打滾，真叫人心驚！因著菲律賓所出土的大批中國古陶瓷都是我研究的資料，近年來，我把精力與時間全積慮在摸索這門學問上。觸摸到許許多多來路不明的瓷件，越發領悟到自己所知有限。在盡力而為之下，也替菲東方陶瓷學會做了些事，舉辦瓷展，編纂圖錄，為自己帶來了意料不到的生命樂趣。由於這學會與菲國立博物館有很密切的關係，菲國博如受邀參加有關中國古陶瓷的國際活動，任務偶而會落在我身上。

一九九二年，臺北國立歷史博物館舉辦「中國古代貿易國際邀請展」。受邀參展的有八個國家，包括英國、法國、德國、比利時、美國、南非、南韓與菲律賓。中國瓷器外銷歐洲始於十六世紀末，西歐國家博物館所提供的，都是十七、十八世紀的貿易瓷。南韓展出的是撈自新安一艘元代沉船的瓷器，廿件展瓷中以龍泉青瓷為主。主辦單位邀請函裡指定要菲律賓國立博物館送往廿件青花瓷。菲國博館長召開籌備會議時，我建議全部提供元代的，因為景德鎮在十四世紀所燒的青花瓷以外銷為主，所以今日這一時期的青花瓷居多流傳在海外，國內較稀罕，即令故宮博物院也不一定有。館長同意之後，就把任務移交給我。豈料四處奔馳也只蒐集到十來件，主要原因是古董店裡價額最高的是十四世紀的青花瓷，精品大部份外流，不是被外國收藏家買去，就是被送到英國拍賣行。後來只好張羅幾件十五世紀末與十六世紀的「濫竽充數」。當時恰遇館長要去歐洲開會，乃由我專程赴臺代表他參加揭幕典禮。

今年六月底，臺北歷博再度轟轟然突破性的主辦「中國古代貿易瓷國際學術研討會」，參與者來自英、法、德、瑞典、比、蘇、南非、日、韓、泰，與菲等國。臺灣當地代表則有名古陶瓷專家劉良佑、謝明良等。為增加大會光彩，臺北歷博還邀請大陸兩位大牌考古學家參加，即浙江青瓷大師朱伯謙與最具國際知名度的景德鎮古瓷權威劉新園。因為是國際會議，大陸的國家文物局沒有批准兩位受邀專家的出境申請書；但朱伯謙的論文倒是寄來了。臺北歷博籌備會人士辦事細心周密、每位主講人上臺發表論文時，其國旗就被擺上去。當時，我不禁心裡納悶，如果大陸的朱伯謙或劉新園上臺宣讀論文，主辦單位籌備的會是那一面國旗？

參加會議的英國學者有大英博物館的康蕊君（Regina Krahl）和霍淑佳（Jessica Hall），以及英國維多利亞博物館的柯玫瑰（Rose Kerr）。三位都是英國新一代的中國古陶瓷學者。其中令人側目的首推康蕊君，其著述豐碩，功力深湛。中國古代南海貿易，中東乃最重要市場，如今，土耳其的Topkapi Saray Museum與伊朗的Ardebil Shrine博物館均擁有好幾萬件十三至十九世紀的中國瓷器。前者曾出版一套三大本很華麗的圖錄（售價一千美元）：一本元，明青瓷，一本元、明青花瓷，一本清彩瓷。康蕊君為該套圖錄的主編。她糜費了七年心血才大功告成。

我出席臺北歷史博物館所舉辦的「中國古代貿易瓷國際學術研討會」的論文題目是「在菲律賓發現的宋瓷」，所涉獵範疇甚廣，一萬多字的論文不可能當場宣讀，時間只容許我討論所預備六、七十張幻燈片。

休息的時候，康蕊君走過來對我說：「我很欣賞妳所放映的幻燈片。」接著又道：「妳好幸運，菲律賓有那麼多中國古陶瓷可供妳研究！」

「出土的資料的確很豐盛，可沒有一個能提供參考書籍的圖書館。每去香港，我總是如餓虎撲羊似的猛搜參考資料。」

我是英國培植出來的。英國人在中國古陶瓷領域裡的貢獻，我很熟悉。初入門時，所閱讀的書本都是英國學者的著作。如今，若再回頭去翻閱他們的書本，有些瓷件的窯口與斷代已需更正。六、七十年代中國考古瓷窯調查報告尚不多，第一手資料闕如，要在中國古陶瓷層層疊疊的迷霧中開拓鑽研，絕非泛泛之輩所做得來的，而他們竟然煞費苦心的寫出一本本書籍。英國人對中國古陶瓷研究之赤誠赤忠，頗值得我們崇慕。如今他們一個個年屆耄耋，生病的生病，退休的退休，老謝凋零，令人唏嘘嘆惜。英國本以嚴謹的學術風氣見稱於世，諸前輩雖邁入垂暮之年，學術界已出現不少新血。他們新一代的中國古陶瓷學者，都有中國姓名，好幾位為了學習中國語文皆去大陸「留學」過。一九九二年杭州的朱伯廉與南京的張浦生應倫敦東方陶瓷學會之邀去講學，我專程奉陪。猶記兩場公開講演場均由鼎鼎大名的偉陀教授（Prof. Roderick Whitfield）翻譯。張浦生的第二場講演則是在大英博物館內，聽眾都是專家學者，當場就沒有翻譯的必要。

英國是研究中國古陶瓷的重鎮，就因為國外的傳世品在該國數量龐大，他們博物館多，收藏豐富，單只是大英博物館的藏品就相當宏觀，且是最齊全的。是八國聯軍搶劫去的也好，是英國諸多豪門望族收藏家晚年捐贈的也罷（前者是聽來的、後者卻有根有據），至少人家對我國文物之研究至誠且深，各大博物館都有很好的圖書館供學者享用，歷年來造就了不少專才。英國人對中華文化的傳播，居功至偉，誠非過譽。

一九八六年我在倫大上「中國藝術史」一課，題材涉及雕塑時，偉陀教授帶領我們到大英博物館「仰觀」一尊隋代幾十尺高的大理石佛像，其造型莊重，線條流暢，無論從何角度觀察，臉部的表情都很生動傳神，大家無不「啊！」「哇！」的怵然震動。據偉陀教授稱，那件藝術品是他在大英博地下層發現到的，這麼一尊具有成熟工藝水平的巨型佛雕寂寥的躺臥在一邊，無人理睬，太令人心痛了！他煞費周章的設法把它陳列出來，以供世人雅賞，由於石雕奇高，他四顧大英博東方古物部的展覽室，實在沒有它立身之地，幾經絞盡腦汁，才想出大英博物館一樓至二樓樓梯旋轉處的空間。千噸重的石雕又是那麼不易搬動，費盡九牛二虎之力，才把它從大英博館兩層樓梯之間的空隙裡穿串上來。當時我非常好奇的盤問起那尊佛雕之如何淪落在大英博物館。偉陀教授縷縷述說，三十年代中國政府曾經運輸一批古董到倫敦去展覽，極轟動一時，事後因運費昂貴，付不起，中國政府乃決定捨棄那尊巨大佛雕。乍聞之，我心頭一團怒火，憤憤不平，自己國家如此不爭氣，是否我國數千年文化所遺留下來的文物珍品多不勝數，而且地下埋藏無盡，扔掉一件又何妨？那尊孤兒石雕幸遇貴人，方得棲身之地，巍然聳立在馳名世界的大英博物館樓梯間。走過的客人必會駐足凝視該尊軒昂、精美絕倫，一千多年的中國佛雕，並嘖嘖稱讚我中華民族古代藝術文明的光輝，自己不要的國寶，由外國人去呵護，可悲？可喜？

近年來，為古陶瓷之事，幾乎每年要跑大陸一、兩趟，因而拜識到國內考古界不少先進。一旦獲悉他們要出書，我都大加激勵，並自動表示要資助出版經費。朱伯謙老師正在籌備一本有關龍泉青瓷的書，老人家要到全國各地去搜集出土的資料，以收入該書，此乃大工程。今年六月初在南昌，江西省博物館館長彭適凡先生告訴我江博欲出版一本紀年墓所出土青白瓷的圖錄，我照樣大加鼓舞。此類書籍是研究古陶瓷極珍貴的資料。我私自立下一宏願，即國內考古界舉凡有重要的陶瓷專注書籍問世，我能力所及之內，將為其出版英文版。當年，我在倫大圖書館桌子上一大堆參考書的作者全是英國人。我極盼有一天外國學生，包括英國學生，手裡捧著的是中國考古學家的著作。

一九九四年

日內瓦、倫敦、巴黎所見中國文化精華

日內瓦——瑞士中國瓷器藏品的中心

去年十一月我應邀參加姆樂（Charles Muller）夫婦中國陶瓷藏品在日內瓦的鮑爾博物館（Baur Museum）展覽開幕典禮，並作一場菲律賓的中國外銷瓷的演講。姆樂是廿世紀七十年代瑞士駐印尼大使。印尼與中國有著千餘年的貿易史。陶瓷是中國古代與外海洋通商的主要出口貨，遺披亞洲各國，乃至非州與中東。姆樂大使對中國陶瓷深厚的感情是在其駐牙加達任內培養出來的。回國後，繼續搜集自歐洲各拍賣會。如今他已屆退休之年，慨然把兩百多件藏品獻捐給在歐洲聲譽極響的鮑爾博物館。

猶記早年兩次遊玩日內瓦，我皆慕名前往參觀鮑爾博物館。其創辦人鮑爾，當年有意向英國首屆一指的中國瓷器收藏家大衛（Sir Percival David）看齊，力求質量高的瓷件。鮑爾藏品的範圍雖不能與後者倫比，但所收集中國瓷器，件件是經典之作。鮑爾還收藏中國玉器與數量可觀的日本藝術品。創立於一九六四年的鮑爾博物館久為歐洲愛好東方藝術者所心儀；在瑞士更是無人不知、無人不曉。

印尼與菲律賓同在南海貿易航途中，今日兩國出土出水的中國外銷瓷極夥，亦極其相似。姆樂大使藏品中的景德鎮宋元青白瓷、明民窯青花瓷與為歐洲市場特燒的克拉克瓷，浙江龍泉元青瓷等等，都是菲律賓所見過的。瀏覽其間，一股「他鄉遇故知」之感，油然而生。

我在鮑爾博物館的演講是有關中菲在宋元年間的貿易關係，且示範了一批菲律賓出土的宋元青白瓷，以作物證。日內瓦是法語地區，英語是他們的第二或第三語言。當晚廳堂裡雖座無虛席，事後館長莫妮卡・柯立克（Monique Crick）竟謂，我若用法語講，與會的人會更多。

「來生再說吧！」我內心嘟噥著。

在日內瓦所住的瑞士連鎖五星級飯店是鮑爾博物館安排的。最使我難忘的是裡面歐洲宮殿式氣派軒昂，華麗典雅的餐廳。高高的屋頂，飾有懸自漆金天花板一盞盞水晶吊燈，壁上蓋有金黃色織錦質感的牆紙，地上鋪有厚厚百花地毯，侍應生衣著畢挺黑色燕尾禮服。每天早上在那兒用早餐，（歐式飯店不設咖啡廳）恍惚處身在十九世紀歐洲的貴族府第裡。

倫敦——中國瓷器藏品的叢林

日內瓦只住了三天，辦完「公事」，我即飛倫敦。由於環境熟悉，語言暢通，有如回家一樣。不像巴黎，雖已去過五、六次，兩句半的法語是不夠用的，所以永遠有一種距離感。回想起八十年代在倫大亞非學院那段了無牽掛，只管讀書的美好日子，我會興奮不已，那是我一生中最奢侈的享受。這次迢迢歸來，主要的「任務」是要重溫三大博物館，大英博物館（The British Museum），附屬倫大的大衛基金會藝術館（Percival David Foundation），與維多利亞與阿伯爾博物館（Victoria & Albert Museum）等的中國瓷器藏品。

在中國陶瓷史的長河裡，藏品最齊全的，當推大英博物館（下稱BM）。華北華南歷代各名窯的產品幾乎都有。如許豐盛的藏品，櫥櫃裡所見居多是精品，直叫我看得目眩神馳。

釉下紅彩，亦稱釉裡紅，比釉下藍彩，或稱青花，難度大，因為銅料比鈷料不穩定。火候若掌握不良，色調會由紅變灰甚或黑。雖始燒於元代，到了明洪武才燒得比較見績，但產量少，傳世品不多。BM櫃子裡居然洋洋灑灑展出五、六件。真是意想不到的驚豔！

在BM展廳裡細觀慢賞了幾近兩個小時，兩條腿已開始叫屈，只好移步到地下室的書店，企望能購買幾本BM近來所出版的書籍。使我驚訝的是書架上有霍淑吉

（Jessica Harrison Hall）所著《明瓷》一書，六百四十頁，精裝本，售價一百七十五英磅（三百十三美元），把我嚇了一跳。由於BM每件明瓷都被收入書內，飽含參考價值，即使天價，我還是高高興興把它買下。陶瓷是少人問津的冷門藝術，此類書籍市場較小。據聞霍淑吉與BM爭取了幾許，她的巨作才得以出版。

霍淑吉與我是舊識，一九九四年臺北國立歷史博物館舉辦中國外銷瓷國際研討會，邀請八個國家參加。霍淑吉是英國代表之一，我則是菲律賓的代表。一九九七年我忽接她寄給我的一本BM所出版的書籍，說是要與菲東方陶瓷學會的青花瓷展錄交換。後者收有六十幾件明民窯青花瓷圖片。當時她正埋首撰寫她的「明瓷」。這次離菲前一個禮拜，我發電子郵件給她，欲約定時間去拜訪她。回信的竟是她的同事，告以霍淑吉已多日不來上班，因她快分娩了。

倫大的大衛基金會藝術館（下稱PDF），三樓就是我當年上陶瓷課的課室。該藝術館創立於一九五〇年，創辦人大衛公是英國最受仰慕的中國瓷器收藏家。他的藏品可以說是一部中國瓷器自十至十七世紀陶瓷的燒造歷史。他暮年將其價值連城的藏品獻捐給倫大，明文規定藝術館要對外開放，且要開課，利用他的藏品作研究資料。歷年來PDF造就了不少中國瓷器專才，對中國瓷器的研究貢獻巨大。大衛公是幕後的大功臣。

大衛公早在上世紀廿年代就開始熱愛中國瓷器。宋徽宗最喜愛「雨過天青」一釉色的汝窯，燒造時間極短，傳世品不過三十多件，大部份在臺北故宮博物院。大衛公居然擁有十四件，是臺北故宮以外，私藏最多的。這絕不是偶然的事。大衛公識中文，是學者。汝窯是他的最愛。上世紀二、三十年代除非是宦仕之家，一般中國收藏家尚不識汝窯。大衛公遍搜有關汝窯的文獻，果然在上海物色到一本「格古要論」，使他對汝窯有更深一層的認識。憑著他的學識，加上有錢、有閒，且與大陸的上層社會人士以及名古董商都有特殊的關係，這位對中國瓷器熱情萬丈的英國紳士就這樣子把中國瓷器中的至珍瑰寶，一件一件弄到手。這是PDF中國瓷器藏品最大的特色。宋代宮廷使用的五大名窯，汝、官、哥、定、鈞，既多且精。有些是乾隆皇帝收藏過的。據說慈禧太后於一九〇一年將紫禁城裡一批瓷器抵押給鹽業銀行，以取得巨筆貸款。大衛公一獲此情報，速與該銀行接洽，挑走了五十件刻有乾隆皇帝題跋的瓷器。

PDF有一對書有至正十一年（西元一三五一年）題記的青花供廟花瓶，那是元代後期所燒青花瓷中唯一有年款的，被學者視為研究元青花瓷極其重要的瓷件，稱之為「大衛瓶」。明代官窯所製青花瓷，以早明永樂、宣德與中明成化為最輝煌時期，此類瓷品PDF奇多，尤其亮眼。有趣的是櫃子裡竟有好幾件，具有宣德或成化年款的康熙或乾隆青花瓷。大衛公收購那些有偽明代年款的清瓷別有作用，因那是研究資料。

大衛公曾於一九三五在倫敦舉辦中國藝術國際展覽會。那是中國政府首次把中國文物運出國門去外國展覽。展品包括青銅器，書畫、瓷器、漆器與銀器。該展覽轟轟動動，參觀者多達四十萬人。

我當年在PDF的講師，那位講一口純正英格蘭英語，說話非常好聽的蘇玫瑰（Rosmarie Scott）已離去。她被英國名公司佳士得（Christie's）聘為高級顧問。現任館長是一位美國小姐彼爾順。數年前我在香港東方陶瓷學會聽她演講過，且與她餐聚過。來倫敦前，我曾傳真給她，懇求她允許我在PDF的圖書館消磨一個下午，查閱資料。當天我尚在PDF樓下展覽室觀賞時，彼爾順即下樓與我聊幾句，且關切殷殷地告訴我她已通知樓下的人我要使用他們的圖書館。圖書館在地下室，我進去時，圖書館員稱我本該付三十八英磅（六十八美元），但彼爾順吩咐過不必向我收費。乍聽之下，不由使我怦然心動。只可惜這次逗留倫敦時間太短促，否則我真想多跑幾次PDF的圖書館。菲律賓的考古資料繁多，但研究書籍則從缺。沙漠也！

維多利亞與阿爾伯博物館（下稱V&A），別開生面，大廳裡中國瓷器的擺設是以瓷件的用途分組的，如將產自不同窯口的瓷碗集合在一起。一個展櫃裡有北宋河南鈞窯瓷碗、北宋福建兔毫黑釉碗、南宋浙江龍泉青瓷等等。執壺或酒器的組合更複雜，有元浙江龍泉罐、遼仿皮囊形酒器、商青銅方彝……。這種辦家家酒似的展示風格很受一般學者的反感。倫大韋陀教授（Roderick Whitfield）就正式為文抨擊過。

去V＆A主要是參觀存放在六樓良莠不齊，五花八門的瓷器，像一家雜貨鋪。浙江龍泉厚釉青瓷最佳質量產於南宋。菲律賓的龍泉瓷多出自元代，南宋產品頗為珍稀。這類優秀瓷品V＆A多的是，大可看得飽。藍中帶紫釉色的鈞窯，是宋代五大名窯之一，展櫃裡該窯北宋，金至元的產品就有三十至四十件。明中晚期的青花瓷多不勝數。許多來路不明，奇奇怪怪的瓷件，應該是南方的產品。藏品越複雜，越具多層次的研究價值。V＆A「雜貨鋪」的吸引力就在這裡。

十一月的倫敦，氣溫大約攝氏十度，我身著羊毛外套，外披呢大衣，把自己裹得臃臃腫腫，在市街上緩步慢行。追憶起十六年前求學那段日子，寒風刺骨的冬天裡一樣的「武裝」，且腳著意大利皮靴，步履輕盈地在Russell Square所租小公寓與學校之間來回跑，悠然為自己感嘆體質現已今不如昔。

巴黎——饒富藝術生命城市中的中國瓷器

到了歐洲，能不涉足藝術氣息濃鬱的巴黎嗎？我這次去巴黎，最大的目標是要參觀睽違多年以東方藝術品見稱的宜美博物館（Musee Guimet，下稱宜美）。廿世紀八十年代我已參觀過一次，後來該博物館閉門重建多年。上世紀九十年代我兩次赴巴黎，該博物館都還沒開放。這次懷著激盪的心情踏進宜美。室內裝潢果真煥然一新，現代化的建築風格營造出極寬極大的空間，予人一種清新闊氣的舒適感。中國瓷器館裡，擺設講究優雅，頗具藝術格調。瓷件在柔和的燈光下默默耀映，倫敦幾個大博物館那種把諸多瓷件往展櫃裡猛塞的作風與宜美比擬，可真相形見拙。

宋代是中國瓷器的黃金時代，百花競妍，各放異彩。宜美的宋瓷，華北名窯產品比較豐富，尤以陝西耀州窯青瓷最精彩，此一北方青瓷以刻花犀利流暢馳名於宋代。使我驚喜的是展櫃裡竟有難得一見早期隋，唐白瓷。宜美的北方黑釉瓷品特多。華北華南許多瓷窯均兼燒黑釉瓷器，此類器物的窯口最不易辨出。

有些唐、宋瓷器的造型乃仿自銀器。宜美有幾個我特別欣賞的展櫃，其中一個裡面的中唐三彩器物與三件銀器、葵口銀盤，高足銀杯，和鎏金花紋銀杯擺在一起，顯示出那幾件唐三彩造型的來源。

宜美所收藏一、二十件清彩繪瓷器，絢爛奪目，頗見清瓷匠的功力，是宜美藏品中的焦點。

十幾年來在菲律賓發現的數條沉船都是由奧地奧Franck Goddio所領導的法國水下考古公司與菲國立博物館合作打撈上來的，所獲大量船貨多以中國瓷器為主，有北宋、南宋和元福建閩南一帶所燒青瓷與青白瓷，明代弘治與萬曆景德鎮青花瓷，也有比較近代，十八世紀的青花瓷。奧地奧把歷年來得自中國，西班牙、英國等各種沉船的一小部份中國瓷器捐贈予宜美。該博物館特闢一陳列室專門展出深具歷史意義的沉船瓷器。

這次歐洲之旅，我把時間窮磨在各大博物館，縱情地享受中國文化精華。看得如癡如醉時，我這位異鄉客會茫然不知身在何處。名美天下的中國瓷器，遍佈歐洲，在那兒閃閃生輝，真的覺得很驕傲。

二〇〇四年

陝西耀州窯青瓷牡丹碗

冰冷陶瓷中的溫馨

先是拜收到朱伯謙老師的大函，提起福建省德化縣將於今年十月召開中國古陶瓷研究會一九九三年年會，並舉行德化瓷國際學術研討會。朱老師是浙江青瓷一代宗師，中國古陶瓷研究會副會長，去年我曾專程陪同他應邀至倫敦講學。不久，即接到德化陶瓷博物館館長徐本章先生的正式邀請書。當下立即停擺所有雜事，開始籌備赴會資料，煞費周章的到處找標本、拍照、撰寫論文、介紹在菲出土的宋元德化白瓷。

德化享有中國三大瓷都之一的美譽，江西景德鎮與湖南醴陵乃其二，可見德化在中國陶瓷史上佔有特殊地位。因為得天獨厚，瓷土遍佈全縣。根據考古報告，在德化已發現二百二十九處古窯址，數量之多，蓋福建全省之冠。入宋以來，德化窯所燒青白瓷與白釉瓷產量龐大。宋元時期，中國與外貿易達到最高峰，利潤為國庫重要收入，瓷器包括出自德化窯產品是所輸出大宗貨品。按照考古發掘的記載，宋元墓葬中，德化白瓷頗為鮮見，而菲律賓許多遺址都有出土，足證古代德化窯燒瓷乃以外銷為主，辱承朱伯謙老師的顧愛，在未赴德化之前，再次來信告以德化會議結束後，將陪同我去福州參觀福建省博物館，並謂事先已與曾凡先生連絡過。福建瓷窯口繁多，不易辯別，能拜見到福建瓷大師曾凡先生，藉機向他多多請益，使我對德化之行，倍加興奮。

德化會議日期是十月四至六日。德化位於閩中，沒有國際機場，主辦單位要在福州與廈門特設接待站。我於十月三日下午五時飛抵廈門，一下飛機，就有些激動。近年來飽聽大陸人態度兇悍，道德淪喪的故事。我自己卻本著天賜之幸，所結識到國內考古界的前輩們，每位儒雅溫煦，品德高操。他們不但不吝賜教，而且對我關懷備至，使我享盡血脈相連同胞的至情，不由更加強我這個滿腔熱血海外華僑的民族感情。

當天晚上在廈門，我是和來自英國以及臺灣與會者同一部車子去德化的。德化是山區，由廈門出發，要走七個多鐘頭的車路。這段車程也真令人難忘，車子在沙土路上顛顛簸簸、車內的乘客自亦隨之晃來晃去。閉上眼睛，即令有睡意亦不斷給盪醒。車窗外灰塵漫天飛揚，黑夜裡，車燈所映照的盡是一片迷迷濛濛，如煙如霧的塵埃。抵達德化已是淩晨三點。我被倒放在車後行李堆最上層的皮箱，到了德化已呈兩色，一邊灰色，一邊深藍色。我當時才恍然穎悟，給朋友接風為何稱之「洗塵」，所謂「風塵僕僕」，更是身歷其境了！

出席德化會議者有一百五十多人，誠是考古界一大盛會。來自英國、美國、印尼、菲律賓、與臺灣的外賓，被招待在「瓷都酒店」；而所有來自國內各省的代表則被安排下榻在黨校宿舍。每天上下午開會完畢，我從不回到「瓷都酒店」裡地上鋪有厚茸茸地毯、頂上懸有燦爛吊燈，豪華奪目的餐廳吃飯。為了要多認識幾位來自各省的陶瓷專家，中飯晚飯我都闖進黨校宿舍大食堂去，坐在長板凳上，擠身在北京、杭州、福州、廣西、南京、湖南……諸多陶瓷專家長輩們之間。他們個個如高大蒼勁的松樹。我這剛入門者、何其有幸、能坐享在老樹濃蔭下。氣氛又是分外歡洽，使我茫然不知身在何處。「風塵僕僕」的旅途又何妨。

開會第一天，朱老師即當場為我介紹曾凡先生。因為有意向他求教，我立刻尊稱他為「曾老師」。曾老師的普通話，我聽得很辛苦。竊思那大概是福州人講普通話的特色。外祖父是福州人，據聞其在福州頗具知名度。我沒有見過他，但照片裏的外祖父可是相貌堂堂，氣宇非凡，所以在我稚嫩的孩童心裏即已很嚮往福州。可能是偏見，我覺得曾老師的「福州普通話」，煞是可愛。後來在飯桌上，北京中國歷史博物館的李知宴先生手指著曾老師戲嗬道：「他原籍河南，是冒牌的福州人！」我不禁噗然失笑，「大失所望」。原來曾老師雖寓居福州四十四年，鄉音未改，他講的是道道地地的河南話！

曾凡先生在福建發掘過不少古窯址，可謂福建瓷權威。我拜讀過他數篇大作，其治學嚴肅的態度，自不待言。我的德化論文就被他揀出兩粒沙石。所介紹菲律賓的宋元德化白瓷中有兩件南宋軍持（無柄的壺）他認為不是德化燒的。以他的高見，其中一件是產自泉州磁灶窯，另一件則要看標本才能辯悉窯口。我非常感激他的斧正。在德化短短的三天，他精心勃勃的教導我，照拂我。曾老師親自帶我去參觀屈斗宮窯址。屈斗宮是他發掘的一個元代古窯址。文物局現已把它蓋上窯棚，加以保護。當天，他在屈斗宮費盡舌力為我滔滔道敘該窯址的發現與斷代的來龍去脈，我宛如上課似的聚精會神的聆聽著。

儘管會議舉辦單位所安排參觀節目少不了德化博物館，曾老師仍特別與館長徐本章先生商量在晚上讓我個別去參觀。白天人多瓷件不好一一細察。

德化博物館的陳列品、古新瓷器並茂。德化窯燒瓷歷史悠久，素以明代「象牙白」瓷品遐邇聞名，其釉色瑩潤晶潔，西方人稱之為「中國白」（blanc de Chine）。德化尤以白釉瓷雕知名、佛教偶像著稱於世。博物館所見，姿態萬千，栩栩如生。

最使我驚訝的是德化博物館的現代瓷藏品中有一盆雕花，每朵玫瑰的花瓣薄如紙，比英國著名「安斯利」牌的瓷花更精美，更動人。所展出餐具，紋飾也比景德鎮的高雅多了。德化真不愧為中國三大瓷都之一！由於我對古陶瓷較感興趣，在三樓古陶瓷陳列室盤桓較久，次日又回去拍了許多幻燈片，以作參考資料。

曾老師對我寵渥有加，用心良苦，安排我德化開會後去三明市參觀另一古窯址。同行者尚有中國社會科學院考古研究所研究員李德金女士以及其他幾位考古學家。老人家熱情感人，使我身上不是漾出一泓暖流。德化到三明又是七個鐘頭的沙土路。還好曾老師談風尤健，且情趣橫生，沿路笑語焉然，彼此在車上樂樂陶陶。

三明是我所心儀的清代名畫家黃慎、揚州八怪之一的故鄉。到了該市才發現三明瓷窯燒過很優越的青白瓷。在三明古窯址，曾老師再度神采奕奕的為我講解淘洗瓷土的過程以及瓷窯的構造，使我不致於為「窯盲」。這些知識都不是中外書本裡所能採擷得到的。

由三明到福州，曾老師決定坐火車，但只買到一張軟臥票。他不僅不收我的錢，還堅持把軟臥票讓我。我爭不過他，只好從命。與我同車的是一位廳長，擺出一副冷冷的官僚架子。這次在大陸，共產黨書記、局長、副主席、處長、館長……各級「高幹」都會過了。握握手之後，臉孔連名字馬上不翼而飛，五花八門的名堂已夠我記昏了頭。不料在火車上又出現了另一類的「長」。其身邊的侍從為我介紹他上司的身份。

「廳長，你好！」我禮貌了一下，卻不屑介紹自己。

在國內，一般人常以怪異的眼光打量著我，彷彿我是「外星人」，因為我中國人不像，外國人也不像。大概是我「四不像」的外貌撩起廳長的好奇心，他表情木然的問我是那裡來的。

「菲律賓。」

「我去過菲律賓，是當地最大的啤酒公司請我去的。他們在技術上需要我們幫忙。」廳長聲調放緩了幾分。半響又問：「妳是來中國旅遊的？」

「不！我是來參加古陶瓷會議的。」我忙搖頭，解釋道。

「古陶瓷？」他兩眼一瞪，看樣子，他的詞彙裡根本沒有這三個字。

「是的，在菲律賓出土了不少中國古陶瓷。」我自作多情的嘮叨著。一提起自己熱中的主題就失控。

「出口？」他又顯出一張迷惑的臉。

「不！是出土……」我苦笑了一下。他窘，我也窘，一時真不知如何打圓場才是。

事後我向曾老師敘述與廳長的對話。

「你們講不同的語言，妳講的在他等於是英國話，又何苦呢？」曾老師性情直爽，說得多麼中肯。到了福州，曾老師的高徒粟建安在火車站等候我們。粟先生原籍河北，與曾老師合作很融洽，四日，他幫忙曾老師在福建省博物館接待我一整天，任由我去與瓷件打滾。我上下午都浸濡在那兒，真夠我看得盈腦盈目。

飽覽福博後，我央求曾老師陪同我去看看福州的街景。他直截了當的說：「不值得看，到處都是一棟棟現代化的水泥樓房，已不是妳外祖父那時代的光景了。」乍聽之下，我心頭旋即泛起淡淡的傷感。

在福州時，曾老師很捨不得我花錢。每天晚上把我哄騙到他家去吃飯，由師母親自下廚，為我燒出一大圓桌的盛饌。首次帶我去他住宅，時近黃昏，順道把我引入附近曲巷裡一幢尚被保留下來的古厝。我們站在院落裡，我默默的觀察眼前古老木屋的格局，總算窺視到當年的建築風貌。

「妳外祖父住的房子大約如此吧！」曾老師慈祥的道。

不一回兒，屋內住的三、兩個姑娘嘻嘻哈哈的圍繞過來，低聲嘀咕著我聽不懂得福州話。（小時候聽母親講過福州話，與閩南話完全不同。）斯時我著實感覺到我終於飄然來到外祖父的家鄉了！

為了安排我去遊覽福州的名山勝地，曾老師向單位借了一部車子，約好下午兩點來接我去遊石鼓山。當天中午，我請他在西湖大酒店與我共餐，他一定又是怕我「破費」，推說有事，回到家裡睡覺。曾老師自德化到福州，時時刻刻的陪伴著我，也夠累了。醒來時來不及吃中飯，空著肚子匆匆趕到酒店來邀我去爬石鼓山，這還是後來師母無意中洩露出來的。

石鼓山乃一古蹟，山上高高突起的湧泉寺廚房裡尚有宋代遺留下來的大鍋。該佛寺左側山坡上佇立著許許多多幾丈高的石刻，都是歷代著名書法家，包括蔡襄（北宋四大名家之一），筆力雄渾的字跡，叫人看了怦然心動。

本想去泉州三、兩天，以參觀泉州博物館。泉州是南宋與元代最大港口，大量瓷器均由該港輸出。因著北京故宮博物館有客人欲於十月十五日來菲訪問，我只好放棄泉州之行，而決定向當地旅遊公司包車，十二日回廈門，越日搭乘出境班機返菲。事先叮囑曾老師，我早上七時即要動身，千萬不要來送行，他唯唯諾諾的答應了。豈料十二日一大清早七時未到，他已靜靜來到酒店，安祥的坐在大廳堂裡等我下樓，為的是要看我上車赴廈門。

車子一駛出酒店大門，想起古道熱腸的曾老師，我熱淚滾滾……。

一九九三年

《宋元紀年青白瓷》後記

最近為江西省博物館出版《宋元紀年青白瓷》一書，裡面有一百件出自有確切年代墓葬的青白瓷，誠是該類瓷品，斷代與真偽鑑定至珍的參考資料。以下是筆者為該書所寫後記。

宋代中外貿易空前發展，華北華南諸窯係風起湧現，大放異彩。瓷器與絲綢是當時主要的出口商品。絲綢腐朽性高，不能留存至今。瓷器則是千古事，即使埋在土地下或浸在海底裡幾百年，尚能保存得很完美。故此，今日在亞洲，東自日本，西及印度，以至遠達波斯灣等地區所發現的宋瓷，蔚為可觀。

菲律賓與中國的貿易關係，比東南亞其他國家起源得晚。墓葬所出晚唐瓷器為數寥寥，是否由中菲直接貿易輸入，亦或靠其時頻頻穿梭往來於南海航途上的阿拉伯商人，或鄰近的林邑（註一）船員攜入，有待考證。根據《宋史》所記述，呂宋的麻逸商人曾於宋初太平興國七年（西元九八二年），抵達廣州進行貿易（註二）。宋咸平六年至大中祥符四年（西元一〇〇三至一〇一一年），菲律賓南島蒲端國王曾五次派遣使節向中國朝貢（註三）；而中國商船也前來菲律賓諸島國換取土產（註四）。這是中國史料有關菲律賓最早的文獻記載。

溯自宋代，中菲貿易綿綿不絕，維持了七百多年，一直到明末才開始下降。如今各島嶼所出土出海宋、元、明瓷器，數量其多，足證菲律賓，自十世紀末至十七世紀中葉，是中國瓷業產品外銷的龐大市場之一。菲律賓的宋瓷有源自浙江各窯系的，如越窯、婺州窯、甌窯、龍泉窯等的青瓷，景德鎮的青白瓷，以至中國東南沿海一帶，閩、粵窯口為海外市場而燒的青瓷、白瓷和青白瓷。這些外銷「番邦」的宋瓷，有精有粗，前者寡，後者多。唯一的例外是景德鎮的青白瓷，其品質比較一致，優劣懸殊不大。菲東方陶瓷學會於一九九二年舉辦過菲出土青白瓷展。在林林總總的外銷宋瓷中，亦只有景德鎮的青白瓷能挑選到數十件質量高的瓷品參展。

一九九四年，承蒙彭適凡館長與曾凡老師親自陪同，專程赴景德鎮考察窯址，很榮幸在龍珠閣得到景德鎮陶瓷權威劉新園先生的厚遇，由其研究員自庫房提取「如水似玉」，精美絕倫的青白瓷，讓我們大飽眼福。景德鎮傲世的技藝，令人嘆為觀止！上佳的瓷品大抵只銷國內，專供社會上層人士享用，海外並不多見。菲律賓九二年的展瓷與龍珠閣的稀世珍品相比，不免黯然失色，但也夠精緻。大部分展品，瓷胎細薄輕盈，釉色晶瑩光潤，仿銀仿漆品的造型，淡雅優美。景德鎮宋代青白典型的特徵展露無遺，可見該瓷窯在宋代已臻卓然成績，具有一定的燒造水平。

廣東、福建在宋代燒製的青白瓷，釉薄色灰，雖偶見佳品，但其胎釉的透明度和純白度，與景德鎮的純淨如玉相比，遙不可及。

景德鎮青白瓷燒製延續至元代。元代是中外貿易的鼎盛時期，由是，菲律賓出土的元瓷極豐。該時期的青白瓷，風格已不盡雷同。菲律賓所見元代青白瓷，胎骨厚重，釉色亮麗剔透的少，近乎樞府瓷卵白釉的多。造型標新立異，雕塑瓷件多種多樣，意趣盎然，扁形執壺是宋代所未見的，各種雙繫小罐，圓形、方形、果形……等，據說是專門為外銷東南亞市場而燒製的。大多數瓷件的紋飾都是模印的。有些裝飾則具有時代的共同特徵，而非青白瓷僅有。例如瓶、罐、執壺等，器身上紋飾做寬帶式橫向排列，以及靠近器底的蓮瓣邊飾，都是元代青花瓷最具代表性的典型風格。在元瓷復出的褐斑，常見於青白瓷形形色色的小型器物之上，此類標本菲律賓出土很多。龍泉窯青瓷中的瓶、罐也飾有褐斑，此乃元瓷另一特色。元代以後，含鐵褐斑飾手法即消逝得無影無蹤。

《宋元紀年青白瓷》收有一百件出自有確切年代墓葬的瓷品，誠是青白瓷至珍的斷代資料，其學術價值之高，自不待言。此書的面世，端賴江西省博物館彭適凡館長的高瞻遠矚，重視學術研究，親自參與本書的編輯與策劃；該館楊後禮先生與范鳳妹女士的全力以赴，四處蒐集實物資料，撰寫宏文，且負責其他千絲萬縷的工作；上海博物館汪慶正館長大力支持，並於百忙中為本書執筆書寫前言；香港中文大學文物館林業強先生撥冗擔任責任編輯，為本書付出不少心血、美國哈佛大學沙可樂博物館中國部毛瑞博士在英譯上熱心襄助，並代為介紹英譯高手李永迪先生；香港雅緻設計公司負責印刷製作。謹此致以萬二分的謝意。

一九九八年於岷

☆註一：林邑，古稱占婆，位於越南南部，西晉時代即與中國有海上貿易的往來。

☆註二：《宋史》，卷四八九《闍婆傳》。

☆註三：《宋史》，卷七、八《真宗本紀》。

☆註四：《中國古籍中有關菲律賓資料彙編》，引趙彥衛：《雲麓漫鈔》卷五，北京，一九八〇年版。

第五輯　書情畫意的洞天

彩霞滿天的心路

若莉的父母給了她一張「顏如玉」的臉容。你第一次見到她，一定會多看她一眼，可比她的美貌更出色的是她的書香墨氣。《九華文集》是若莉以詩書滋潤自己的精神生活所孕育出來的另一張有氣無形的美貌。

《九華文集》一開卷，〈初春的喜悅〉就冒出作者驚人的想像力。

微寒的春風裡，一朵朵小黃花兒，那麼活潑天真地站在路旁，像一群快樂的小童們，帶著黃帽兒，身穿綠褂子，握著小拳頭，向人打躬作揖……。

可愛極了！宛如觀賞到一張有景有色有動感的圖片，就像今日網上所見各種會動盪的五彩節日卡，精彩得很。小品文能創作出那麼美好的藝術境界，讀者怎不動容？

林忠民歷任亞洲華文作家文藝基金會董事長，數次率團去臺北、上海、北京等地向幾位資深作家致敬，贈送獎金獎牌。若莉每次都隨行，且勤於著墨記敘所見所感，娓娓道述諸作家的笑容和淚影。若莉好讀書，幾位名作家的作品她都賞讀過，拉近了距離，所寫文字真摯至誠、很有親切感。

輯二「情在」緬懷往事，作者把已如風般飄散的陳年舊事繪聲繪影的追尋回來，重溫其生命裡所眷念的感情世界。有兒時甜甜的記憶，有溫馨可人的畫面，有訴不盡的情味世味，對母親的思念更是寫得情致濃鬱。

很久以前我就從施老總處得知若莉是蔣中正時代一位將官的女兒，因而對她的身世背景尤感好奇，也渴望拜讀她寫其先父的文章。〈思親更在斜陽外〉一出爐，我逐字逐句的閱讀，讀出了濃濃的味道。

若莉與父親刻骨的歡樂歲月只是在童年，但她父親的至愛和家教卻密密的織在她記憶裡。父親對他們一家人的顧愛關懷在她筆下涓涓細流，處處散發出親情的溫暖。其父畢業於孫中山和蔣中正在一九二四年創立的黃埔軍校。是該校精選當時全國菁英，培訓出來的現代軍人。為盡忠國家，加入處於烽火年代的革命軍。難能可貴的是這位堂堂軍人的書卷氣；飽讀中國古典文學，喜愛中國文物藝術，書房裡藏有文房四寶，一生恪守讀書人的氣節和品格。

陳公愛家、更愛國，是無私無我的大義精神左右了他的人生路向。捨身衛國，看不到兒女長大，能不心酸？能不哀惜這麼一位優秀不凡的軍官生命的短暫？

如此深情的篇章，叫人感懷不已！

輯三「品賞人生」寫瓷器、寫茶道、寫名勝、寫古蹟、寫藝術、……真是落花水面皆文章，風采萬千，流露出作者的多元才情，單只是文章的題目已夠璀璨的輝映出作者的才氣，直令人羨煞！

〈君自故鄉來——觀青花瓷有感〉是一篇很有份量的作品。瓷器是專門的學問，寫來不易。作者專家似的把青花瓷的來源與燒造歷史交代得了無紕漏。到底是文人的筆鋒，嚴肅的題材竟也摻入文學的意味。

文人雅興喝茶似乎是天經地義的事。〈茶語花香〉和〈氤氳茶思〉對國粹茶經、茶道、茶味……有談不完的話，殊見特色，其中作者自我嘲謔調侃，幽默可愛。因著文筆曼妙，兩篇「茶」文章，讀來津津有味。

〈吳哥回眸〉和〈雲南見驚喜〉寫得很有氣派，盡見功力之練達，上品也！〈與靈魂共舞的演出〉更讓讀者高喊Bravo，贏得一片采聲。作者以亮麗的文采描繪舞劇中絕代的藝術場景，極為傳神，使讀者深深的領悟到舞中饒富魅力的美感，把心靈提昇到一種無可言喻的幻境。這篇散文盈滿情韻畫意，實堪一讀再讀三讀！

〈霜染舊夢寒〉可感可嘆。作者感性多情，寫沈三白和芸娘的綿綿情意，猶如那一對鶼鰈夫妻的感情知己。一個演員必入戲才會演得逼真。作者就是如此，才能夠把「霜染舊夢寒」繾綣淒切的意境傳達得淋灕盡致，令人動心又動情。

〈微笑的彩俑〉又是另一篇力作。秦始皇陵兵馬俑的考古發現早已被譽為世界奇蹟。西漢景帝在陽陵的「陪葬坑」所出土的各種陶俑較鮮為人知。感謝作者精闢的介紹。秦俑與漢俑的殊相細膩生動的描寫，把兩千年前的陶俑給寫活了！

品讀輯四「書香」，讀者會覺察到作者豐厚的文學修養隨著她的筆端相繼浮現，很自然的畢露出自己的本色。

輯五「菲島情懷」有情有趣，寫得輕鬆。即使是閒筆，亦別有風韻。九華所寫文章很夠斤兩，是天賦高，是讀書多，亦因為她是出自飄著書香的家庭。（見〈思親更在斜陽外〉）。眼光視野亦自然與他人大不同。

她對文藝滿懷熱情，除著作外，也替菲華文壇做了不少事。叫人難以忘懷的是她為亞華作協菲分會策劃「讀書會」格調之高。一般文藝講座都是一閃即逝，亞華「讀書會」的則不然。當時，每一場研讀會過後，報刊上必見有一篇篇迴響的文章，搧出一股轟轟烈烈的文藝氣息。此在菲華文藝史裡是空前。該歸功於若莉做事有氣魄、有遠見。

若莉另一壯舉是不辭辛勞的培育文藝幼苗，帶動了一群年青才子參與文藝活動。她無休無止的為他們忙碌，所辦現場作文比賽發掘出不少有天份的可造之材，給菲華文壇帶來了一片驚喜。她繼而用心良苦的為他們在聯合日報闢出「華青園地」文藝月刊，亦已成氣候。「華青」的誕生，若莉是大功臣，可亦靠她周邊諸熱心文友的共同努力。這也是若莉值得稱頌之處，她識才愛才，足証她的領導才華。美國已故總統雷根傑出的政績在在美國人心目中留下了很深刻的印象。雷根並非出身於長春藤名校，而只是不足以掛齒的好萊塢電影明星。他執政之成功，主要秘訣在於他重用英才，這是每一位領導不可或缺的條件。

《九華文集》是作者文才的結晶品。寫人、寫事、寫景都很有境界，文字很到家，讀之是一樂，希望她盡情寫下去。

二〇一〇年

幾句心裡的話

——讀《黃梅散文選集》後

有人說：「藝術的創作，天才是主素，學位是多餘的。」這一論說，對如繪畫、雕塑等視覺藝術（visual art）不會有爭議，對文藝則半是半非。學位畢竟是深入文學堂奧的大道。

學位所象徵的是學問，大學裡中文系的學士「鯨吞」浩瀚如海的古典文學，汲取豐盛的國學營養所寫文章的水平是不易企及的。獲有臺灣師範大學中文系學位的黃梅，就是一個典型的例子。

就因為她頭上冠有「科班出身」的光環，黃梅的作品深受我矚目。即使已在聯合日報各文藝園地一一拜讀過，《黃梅散文選集》一面世，我再次篇篇品讀、細讀、傾心的讀。我最激賞的是她嫻熟洗練的文筆，那可是讀萬卷書熬練出來的功力！

黃梅的著作偏重於寫實，她泉湧的創作力將生活裡的人、物、景的精神層面寫進文學。作品中處處顯露出超凡的悟性與敏銳的洞察力。這些作家特有的素質也就是黃梅寫作生命的基因，撰寫懷舊戀昔，陳年老事，情真意切，溫馨感人。記述菲華二十多年來內外各種活動，周密詳盡，面面俱到。有些事情隨著時光的流逝，歲月的磨蝕，在我記憶裡已模糊不清，幾有「往事如煙」的感覺，幸有黃梅鉅細靡遺的記載。諸多篇章將匯集成菲華文壇重要史料。這份功績是不容忽視的。報導文學可讀性本不高，但出自黃梅大手筆，繪聲繪影，絕然不同。讀之，猶如觀賞一部部生動難忘的電影。

菲律賓是由七千多個大小島嶼組成的。之間，有多不勝數的天然美景與奇景，吸引了不少喜歡接近大自然的西方遊客。清澈的海水，細白的沙灘是他們最嚮往的。有的迢迢自歐美飛至菲律賓，馬尼拉不屑涉足，就直奔巴佬灣或其他迷人的沙灘。羞愧的是生長在都會的我，菲律賓的山川美色，從未問津過。是以，對黃梅幾篇寫菲島景點的遊記特感興趣。菲律賓的「山容水貌」在她生花妙筆下何其浪漫誘人！她將海水、山峰、樹木、眼中瑰麗的風景描繪得宛如畫幅。無形的文筆比畫家豔麗的彩筆更有力量。這本是客觀的事實，文章所煥發出的感受力比繪畫更強大。可欲具有黃梅的筆力，難矣！

黃梅在〈山水勝境一樂園——記藝麗拉港之遊〉裡述及位於東岷羅洛島的藝麗拉港五彩繽紛的細沙，真是前所未聞。好奇之所趨，竟亦興起有朝一日前往遊覽的意念，以開眼界。更竊望能探訪到該島黃梅所未見的碼頭。東、西岷羅洛島一帶曾經出土過大量中國古代外銷瓷，應該有宋元時代中國貨船來菲貿易，泊岸的港口才是。

地圖上的南中國海就在菲律賓群島以西。閱讀到黃梅的〈南中國海之戀——記描達安一日遊〉，才欣然獲知菲律賓歷史勝地描達安西部延伸出去的大海就是千里汪洋的南中國海，不由把我捲入歷史的浪潮裡。（該謝謝黃梅的指點）。宋代以降，造船工業發達，中國與外通商多靠水路。商船穿梭來往於南中國海，乃至遠達印度洋與波斯灣。宋元是中國海洋史上的兩個高峰。近十年來，菲律賓海域，靠近西部的幾個島嶼陸陸續續發現到數隻沉船，所撈出大批船貨，多以中國瓷器為主。我常戲言：「菲律賓海底下的寶物不是石油，而是中國古瓷。」

黃梅尤精寫神州大陸遊記。在〈驪山之下懷古遊——西安印象記〉、〈走進時光隧道中的麗江〉、〈春遊江南煙雨中〉等篇章裡，她對中國文化歷史豐富的知識很自然的涓涓流出，且喜遣懷寓意於唐詩宋詞，盈盈書香，予人一種儒雅的感覺。特有的風格顯然得力於古典文學的精髓。

黃梅能寫出豪情萬千的遊記，自有她優厚的條件。攝影機功能似的記憶力，揮灑自如的文筆皆是。更難能可貴的是她的文化涵養。所寫遊記有深度、有氣魄。每篇都是一流的散文，值得一讀再讀。

黃梅是位散文高手，這與她飽讀詩書的學位有關嗎？你說呢？

二〇〇五年

瓊安的感情世界

瓊安善感，喜把在胸中翻騰過的感受捕捉在一篇篇文章裡。寄情翰墨的人，發洩情懷是為鬆弛繃緊的心境。也有自娛娛人的意圖，還能把生命裡多姿多彩的痕跡恆久的留存下來，過癮極了。近十年來，她揮灑自如，寫作不輟，創造出她自己的天地，不亦快哉！

使我印象深刻的是在報紙文藝刊上品嘗細讀到瓊安的作品，時能與她的心靈相融交會。所寫無論是刻骨的悲歡或濃烈的鄉愁，冷暖的人情，龐雜的世態，閒聊或自嘲……都在我心湖中漾盪過陣陣漣漪。著作有如此力量，那是相當成功的。

瓊安所描寫的人與事皆蘊含著純樸真實的感情，文字裡沒有「自我」的弊端，將激情全然投入靈思裡，不賣弄不矯飾，且用筆生動流暢，散發出一種坦率、真誠的風格。由是，她筆下所流露出的愛心，智慧與修養很能深入讀者的心。

這是一個不完美的世界，要在十丈紅塵中安身立命，我們必付出諸多智慧與耐力，其實人生經驗即一大課室。日常生活裡處處可從中擷取靈感，獲得啟示。瓊安的文章以生活瑣細為題材的多，揭示出生命裡的種種面貌，對周遭的際遇時予以詮釋與分析，娓娓道出其中睿智，自然發揮出「身邊文學」，導引我們體悟人生的功能，同時也展現出其文藝創作的精神風貌。

因著篇幅的侷限，筆者只能列舉幾篇示範她創作的活力。

〈損失〉是一篇感人至深的作品，所描述的是作者住家不幸遭祝融吞噬的悲痛，其滿腔的委屈與哀傷可想而知。事情發生時，她與女兒在臺北渡假。在那窘困的心情下，搭機返菲時，她尚能以愛憐的語氣安慰喪失寵物的女兒：

> 妹妹，妳那些會喝奶的、會唱歌的洋娃娃、小狗熊、小白兔都到天堂去了，她們在天上會過得很高興的。書包、衣服都舊了，媽媽會買新的給妳。

更動人的畫面是步出機場與她先生的對話：

> 踏出機場，她一臉愁雲慘霧，心情凝重地見到我就說：「怎麼辦？」我面對著好像老了好多的他，不忍心擺出彷彿才從地獄裡出來的慘相，強忍住滿腹酸楚，灑脫地說：「先找房子，再重振旗鼓。」……真不敢相信當時到底是什麼力量支持著我，使我表現得那麼鎮定、堅強和樂觀。

作者在逆境中所掙扎出灑脫的心態，剛毅的意志以及溫和的風度把人性提昇極高的境界，讀者無不為之動容，真是精彩！

瓊安多以感情色彩豐富她的作品。〈蘭花草〉柔情萬千，由花草情寫至友情。她為讀者證實愛花草，惜花草，精心顧養共灌以「心靈上的溝通」，必有良果。花草如是，人也是。

……待朋友要像照顧蘭花一樣，輕聲慢語，付出真情，友情的花朵就會像萬紫千紅的蘭花一樣，在你眼前綻放……。

她從細心植蘭的經驗所體會出的人生道理可圈可點。

〈異鄉遊子心裡的痛〉貼切的敘述作者如何竭盡心力地安排孩子們的中文教育。為了把兒子安插在華僑學校班裡，她曾與該校校長「由哀求轉至爭論，以致聲嘶力竭，淚流滿目。」為了彌補僑校低劣的程度，她不惜花錢，每年暑假把孩子們帶回臺北實習中文。遺憾的是如此用心良苦，仍不見佳績。最後要付出不少能耐，親自出馬，可連這一招也失敗了。

所寫出淒涼的文字贏得身為人母的不少同情心：

……三個孩子的中文學得讓我提起來就傷心。

孩子長大了，終於醒悟到中文的重要，自願要去臺北惡補，這是她的一大欣慰，也帶給她深切的感觸。

> ……我仍然希望當年我們沒有出國，能讓孩子們國內接受正統的中文教育，成為不折不扣的真正中國人……。」

這篇文章道盡她對孩子們的愛心，更令人喝采的是它所反映出作者愛國，愛文化的情操。

瓊安生長在臺灣，婚後隨其夫婿移居菲律賓，已有二十五年，然她心繫祖國，無限的鄉愁是她抒發不完的題材，亦藉以釋解其胸中的鬱結。詼諧參半的「果菜情」寫的是由其好友所贈送的臺灣果菜所撩起的思鄉情，描繪得尤其入微。數落「品質劣、數樣少」的菲律賓果菜，筆調清鬆幽默，讀之有哭笑不得的感覺：

> ……偶爾買到絲瓜，做好後吃在嘴裡，卻是恨在心頭，恨不得馬上吐出來，不知所以的人一定以為吃到一片絲瓜布。

〈擁有過的最愛〉強調的是「身為物役」的迷途。

……鎖在保險櫃裡的珠寶首飾，一年難得用一回，因為拿出拿進不方便，擺在家裡又怕搶怕偷，不放心。買進它們彷彿買進了煩惱，擁有它們就受它們牽絆。這幾句酷語讓我感同身受，甚至莞爾一笑，笑自己也如此迷惑過。

……從小到現在，曾經擁有過多少自己的最愛，那些最愛，又能擁有多久？保留多久？

「悟」也！

〈擁有過的最愛〉看似瑣碎，其實返璞歸真是大學問，要領會到西諺的「Less is more」（少乃多）還真不容易呢！文中的情結寫得入情，表達得很具吸引力，誠是一篇佳作。

把人間喜悅，奕奕如生地形諸於文字，能為一般人在平凡的歲月裡增添幾許意趣，此亦即文藝迷人的效能。她在「儷人行」裡津津樂道其相依相惜的父母晚年甘味無窮的共同生活，令人豔羨不已。

……他們每天一定要練字習畫，一個研墨，一個裁紙。父親提筆畫樹，母親補上山石；老父畫公雞，老媽就添上母雞帶小雞……。

母親有一千多度的近視，眼力不行，出門時需要父親牽扶著，父親是她的指引和明燈……父親除了會燒開水，廚房的事一竅不通，又不喜歡吃外面的東西，他的胃完全被母親控制住，……所以父親對我們說：「我和你媽是秤不離鉈，鉈不離秤，絕對不能分開的。」

現代人喟嘆的是「相愛容易相處難」。〈儷人行〉裡融洽和諧的夫妻生活不就是他們求之而不得的？

〈觀鐵達尼號〉是一篇頗見卓識的評論文章。作者從那張影片裡浪漫的愛情故事與悽愴的災難故事，視察出人性的各種面目，也看出人生的無奈。在她，《鐵達尼號》是一部剖析人間情、事的啟示錄」因而以文以載道的完成這篇作品。所提出的幾個問題有力的影射出其成熟人生觀裡的道德倫理原則。

危難發生時，以疏散頭等艙的旅客先。公平嗎？

坐頭等艙的人「高貴」？一層甲板分成兩個等級，也分出高貴和貧賤兩個全然不同的世界。其實金錢只能裝飾高貴的外表，無法靠它換得內在的品格和修養……。

為了愛情，賠上生命付出的代價太高，值得嗎？

沒錯，面臨價值的抉擇，畢竟要入世者才能勝任，混沌蒙昧的年青人是無知的，有如劉紹銘在「老來頌」裡所寫：「人生經驗是有階段性的，既不能速成，也不能移植。」

……生命裡除了愛情，還有許多值得追求的事，應發揮良知，善用生命，將「小愛」化成「大愛」……。

瓊安言行一致，數年來，不遺餘力的參與慈濟功德會濟貧義診的活動，積極推動「大愛」的精神，將自身樂於助人的天性發揮至最高層次。

瓊安百般風情的文章很具生命力，可讀、可感！

一九九九年

張靈的靈思靈感

深具文學才情者，對文藝創作必有一股如沸如焚的狂熱，作品源源不絕，嫻靜優雅的張靈就是屬於這種得天獨厚的寫作族。別看她文謅謅，輕聲細語的，張靈對生命有著熾烈的熱情，寫作是她最貼切的表達方式。新詩散文小說，無一不精，追尋她心靈上至高的境界是她的壯志，以是，她活出自我，更活出人的價值，活出人的尊貴。

閱讀張靈諸篇散文，跟隨著她的靈思穿進穿出，讀出了她的音容氣質，讀出了她的「美感詩意」。奔流在她心靈世界裡的豪邁之情，極具感人的力量，她側重知性的文章，尤見珠玉，都是些真理的揭示，有智慧、有遠見，很引人入勝。張靈可以似水柔情，也可以冷靜客觀，可以嚴肅理智，也可以幽默詼諧，文采至為豐富。

> 那晚，寫完日記，爹強牽翻閱，我硬是不給。結果是我悶不吭聲的當著爹的面，把還給我的本子撕得粉碎……我咬牙挺身，一肚子不服，直覺爹的不對，「每個人都有隱私權」。我不閃不躲不哭不叫。可把娘嚇壞了，又拉

又喊的護著我。爹手中的木板。如雨落在娘上，爹猛覺住手，大吼「滾出去！」我在地上摸找拖鞋，穿上了，頭不回的就走出家門……

以上是錄自〈甲子一殘夢〉裡很生動的一段，張靈看似溫和，其實非常有個性。年紀輕輕的即能在壓力下緊毅不屈的為生活的原則鬥爭，那種感動是直撼人心的。也就是身上的傲骨駛出了她一生道路的方向，成年後，只想向上飛翔，「把心投在精神層面上」，勤於讀書，充實生命，為自己開拓出一片高遠廣闊的天地。

有如常人一樣，親情是張靈的最愛，也是她生活裡溫暖的焦點。細述銘刻在心底的父母恩情近乎工筆，所繪所描，扣人心弦。

〈小花上的針線〉又是一篇追憶親情的佳作，溫馨的畫面散發出作者心窩裡濃濃的暖意，親切動人，連讀者也會感染到一股暖流。

「娘！這件白衣的小花脫線了……」

「拿針線來，我給你縫上！」

「不用了！到了菲律賓我才自己縫！」

「你縫不好的！」娘硬如此說。

「就讓你娘縫了！你縫不好的！」爹爹總在節骨眼上斷下定案。

想家的這個下午，激動地理出一針一線。爹是一根針，娘是這條線，紮緊朵朵粉紅小花，就一針，記得爹爹十之八九要我們順從他的抉擇，就一線，想想娘拉扯沒完沒了的囑咐……。

不難看出，在時光隧道穿梭來回。張靈最依戀的是今生所享受過天倫的溫暖，親情所滋養出來的幸福感是她內在生命的甘泉。

我們在生活裡尋尋覓覓，要有個規則，才能上道，〈一種堅持的美麗〉是一篇很好的指南，字字珠璣，深獲我心。

選擇之後，堅持到某一種程度就是執著。執於所擇，擇其所愛，是一種美麗。

這是「人生之大幸」，是每個成功的人的秘訣，然裡面大有文章。在生存的壓力下，人人都有「擇其所愛」的自由嗎？沈迷在電腦裡亂七八糟的網頁的青少年有能力「擇其所愛」嗎？生活環境因人而異，作者在文章裡有詳細的交代，她把置身在富足的物質生活而貧乏精神素質下各種年齡的新新人類的心態陳述得繪聲繪影。道盡他們內心的「空虛、無聊、徬徨」……作者把自己所選擇的「信」、「望」、「愛」寄寓於文字，執於寫作而產生驕人的成就，「執於所擇，擇其所愛」真的是何等美麗。

〈青春詩，愛情篇〉寫的是「女人的故事」，一般女人對有限的青春和愛情甚慼慼慼焉，作者以卓然的智慧言出她對青春和愛情的宏觀，令人稱讚，誠是一篇上乘之作：

青春不是人生中的一段時日，它是一種心境，它是一種意志的形態，一種想像力的特質，一種情緒上的蓬勃，一種果敢勝懦怯……

愛情不是少女的專利，愛是人的美德……是真誠善良的語言，溫柔愛撫的觸及，智慧無私的施予，無聲的眉眸神交和靈魂的默契而結一。

張靈散文的題材很多是在女流見識水平線之上，讀來餘味無窮。她悟性特高，富於哲理，一旦輕鬆下來，風趣得很，可愛極了，她在「花的仙人掌」末後所爆出的幽默，大可贏得讀者「Bravo」的喊聲。文章裡描述有一次她興沖沖的從外面捧回「開」有小彩花的仙人掌盆栽。後來發現上了當，原來小彩花是人工的乾燥花，她又是怎樣嘲笑塵世間的真真假假，假假真真？我把它抄下來，供大家欣賞：

那年，初到碧瑤……見著了叢叢眾花，竟不禁脫口：「好美，真像假花！」

因著科技的進步，許多產品是以假亂真，讓人信真為假，信假為真。也許有天街上到處走著電腦機器人，真人和假人對你說：「你長得真像人！」

此固是戲謔之詞，卻叫我放聲咯咯大笑，我們是很需要這種人與人心靈上互相感應的笑聲的，這也就是文學藝術的魅力。入世愈深，愈要靠藝術來紓解生活裡種種的羈絆。

現代人忙且快，追逐速度，時興「速食文化」。專欄小品文格外受寵，張靈隨著新時代的潮流前進，在「世界日報」所闢專欄園地「寫真集」，真情真感，關卡處，每有一得之見，凸顯出她靈思的深度。

亞華作協菲分會研讀會去年邀請張靈演講，她講的竟是「高眉」的莎翁劇作「馬克白」。莎士比亞是英國文學巨人，他劇作以深入刻劃人物複雜的人性與強烈的感情取勝，很勾魂的。文字深奧絢麗，英文基礎淺薄，絕無能力閱讀莎劇原文。旅美中國名學者夏志清自稱：「學了一輩子英文，最高的享受，最大的酬報，除了自己能用英文寫作之外，即是閱讀莎士比亞，比在劇院裡看莎劇演出更有味道。」張靈激賞莎翁戲劇，且能一一抓住劇中精彩的情節。很自然的流露出她頗具水準的文字纏綣之戀是她生命力的泉源，相信她會盡情盡興，無休無止的揮灑下去，為自己創造出更深更廣的「清流桃源」。

二〇〇一年

讀《莘人文選》有感

莊昭順女士是我在中正中學初中三的國文老師。她那文靜，端莊的肖像牢牢的烙印在我記憶中。記得我從未聽見她疾言厲聲的責備過任何學生。遇到班裡喧嘩吵鬧時，她會顯出無聲勝有聲的法術，靜站在講臺上，以面呈不悅，一言不發的威嚴，撫平課室裡雜亂的聲浪。她那慈而有威，諄諄教導的治學風範是每個學生所終生難忘的。

莊老師是五、六十年代菲華文藝界一位很傑出的作家，曾任新聞日報副刊編輯，且是大中華日報的專欄作家。我還記得每天早上搶讀大中華日報「小天地」的樂趣。閱讀莘人的專欄，猶如品茗一杯清茶，芳香清淡，別有情趣，且常有心得。雖是輕描淡寫，但她的思想是那麼脫俗，感情是那麼穩重。

去年出版的《莘人文選》是莊老師從一九五四到一九六六年，在菲各華文報刊所發表過專欄文章的結集。洋洋灑灑八十萬字，並配有其藝術夫婿朱一雄先生，許多精彩的插圖，為其作品增輝，諸多篇章，是她窮十二、三年之心血，在教書，改卷之餘，埋首案頭趕出來的文章。她所寫的大部份是生活中的片片斷斷，題材中有人、景、情，雖是述寫些瑣碎事，文中卻處處顯露作者的智慧，時時帶給讀者一份悟感。《莘人文選》雖多取材於生活的旋律，其中也有以真理立論的大塊文章。因著作有超卓的內涵，書中有很遼闊的天地，有發人猛省，饒富教育啟示性的，也有生動灑脫，會引起讀者會心共鳴的，更有細膩感人，充滿人情味的……

莊老師從事教育工作多年，大部份時間乃週旋於教室與學生之間，然她寫作的風格並不侷限於那嚴肅的粉筆生涯。她會從平凡中捕捉不平凡，不動人的事物中掀起生動感。她生花妙筆下的〈碎布攤〉令人讀得津津有味。〈週末〉諧趣、幽默。〈賣番茄的老婦人〉感人腑肺，發人深思。

我很欣賞莊老師許多瀟灑的哲理，她對人，對事都有很絕俗的看法。她在〈放風箏〉一文中如此寫著：「我們的生活環境無時不在變化中，我們的愛好也跟著生活而更改。如果，我們永遠停留在某一環境，這可能是一種退化吧！」她對木屐的辯護，令人口服心服：「如果我們生活的地方，路很好，穿木屐上街的確是近乎魯莽。可是，用英美人的皮鞋，來對付唐人街深可及膝的污水，就近乎暴殄天物了。」她在〈風俗習慣〉一文中對人性有很精闢的闡釋：「有個獵人將一隻生擒的野鴨養在家中……起先，它不斷地鼓翅，想衝破玻璃窗，想逃出鐵絲網……一年後，獵人他去，這隻野鴨可以自由高飛遠去，但是它已失去了野性，它發現原野的風雨太兇。它覺得覓食太難，它覺得自己營巢是苦的。最好，它還是退回來了。人們對生活習慣的愛憎，何嘗不像這隻野鴨一樣？」她更看透了「人與人之間」的距離：「今日世界的效能非常發達，把空間的距離已大大縮短。然而人心與人心之間的通道，卻是荊棘遍野；處處仍可看到種族同胞的仇恨，國際間的冷戰熱戰，異教徒的互相傾軋……。」（卅年後的世局依然故我，好悲慘啊！）

卅年前華僑社會的風氣封建閉塞，莊老師卻頗具遠見，思想開闊，眼光高超。她在〈兩種女性〉中描述了一個女學生欲想參加社團活動，無奈遭遇父母反對，乃向她請教，以下是莊老師的勸言：「懼怕風雨的小鳥，便只好等候自己樹上的菓子熟了，或葉子裡出現了毛蟲才吃。那些希望到海闊天空的地方去尋獲更多的食物……怎可以畏怕風霜呢？又怎麼可以永遠沒有災難呢？」

莊老師的文筆清麗流暢，無贅詞，不造作。讀起來宛如呼吸氧氣一樣的自然，舒適。〈嘉年華會〉與〈靈魂的低語〉兩篇尤見功力。「嘉年華會」雖是四、五百字的方塊文章，字簡意達，有聲有色。把「嘉年華會」熱鬧的場面給寫活了。〈靈魂的低語〉因著作者洗練的文字，很能使讀者分享到古典音樂的魅力，單只是題目就夠人拍案叫絕。

我真誠的推薦《莘人文選》。雖是用筆不多的專欄文章，作者超然的睿智，坦誠的作風，處處隱蓄著一股感人的力量。

正月卅日完稿

王禮溥
——菲華晨星

文學、繪畫、音樂，都是表達情意的媒介；誰也不敢奢望有足夠才華把心胸裡的情懷抒發在三種不同的形式上。王禮溥竟然得天獨厚，擅寫善畫，且能彈唱。一般人早已久仰他的文學修養，詩、散文、和短篇小說，無一不能勝任。他曾經舉行過六次的個人畫展，顯示他的藝術造詣之深。他對音樂也正式受過一番訓練，曾向名師學習手提琴和聲樂，早年還當過音樂教員。如此天驕，確是寥若晨星！

王禮溥近十餘年來的畫品，專以荷花為題材。在羣芳爭豔的花卉中，受他青睞的不是象徵榮華富貴的牡丹，也不是嬌媚欲滴的玫瑰，更不是五色繽紛的夢雅未蒞（boungavillas），而是淡雅素潔的荷花，這大概就是文人的「書卷氣」吧？

明朝的宣德皇帝擅長工筆畫，他喜繪自然界裡的花卉草蟲，悠閒時常徘徊在御花園裡，細察各種昆蟲的生物構造與其動態，所以在他御畫裡的草蟲，栩栩欲活。王禮溥，同樣的，為了求真，在自己的庭院裡培植了不少荷花，逼真生動，瀉染著清新柔和的色彩，把荷花高雅聖潔的氣質，描摹盡致，令人一睹就感觸到一種美的意境。王禮溥的畫技已臻「真、善、美」的境界。

國內同胞稱我們為「華僑」，本地菲人視我們為「華裔」。一位真正成功的旅菲華人要在臺菲兩方均能赫赫有名，因為他的所作所為具有雙重的代表性。廿年來，王禮溥前後在本地各畫廊開過六次個展。他和洪救國是菲藝壇兩位夙負盛譽的華裔畫家。我不禁為他倆的功成名遂而驕傲，因為他們所射出的光彩是華裔的光彩。

王禮溥所學的是西方藝術的技巧，專攻油畫，但他對深奧的國畫，卻有精心的研究，這是他難能可貴之處。他所撰寫的幾篇有關中國藝術洋洋灑灑的文章，已被刊載在國內各雜誌。一九七九年，他曾應國立歷史博物館之邀，參加「海外藝術家作品展」。今年九月又將在臺北舉行個展。身為土生土長的華僑、王禮溥能在國內文、藝壇嶄露頭角，替文化水準不高的菲華社會揚眉吐氣，我很為他的成就引以為榮，因為他所映出的光輝，是華僑的光輝。我衷誠的為他將在臺北舉行的個展祝福。屆時凱旋歸來，將是我菲華之光也！

一九八二年

陳明勳

——菲畫壇資深前輩

中國文化傳統裡的藝術是深奧的，一幅畫不能自立，必有款字，題跋的襯托始能拂觸觀賞者的心靈，昔日的畫家要能詩能畫，此乃我國傲視世界的藝術傳統，只可惜今日國畫壇裡真正持有詩書畫三絕者已不多見。稀奇的是僑界中竟有一位博學資深的國畫大師，其畫其字其詞，均具功力。原籍上海，客居菲律賓將近四十年的陳明勳教授是位擁有璀璨才華的藝術家。他的字既俊秀，畫尤高雅，他又能文能詞，所謂多才多藝是也！

陳教授繪山水、人物、花卉、翎毛、無一不精湛熟練，無論是潑墨或工筆，意境均呈深度。其傳統山水，氣勢磅礡，其水墨梅竹，清雅淡逸，其黑白熊貓，憨態可掬。陳教授尤擅長畫馬，曾把自己所繪的馬攝影製印成專集。內有馴馬，描摹出馬溫和的性情，有騏驥馳騁，渾身毅力，躍然欲生，有神駒飛騰，淩空而奔，令人想起李白的「身騎飛龍天馬駒」。其羣駿圖，其中有神采奕奕，昂首疾步者，有倦意濃濃，低頭漫步者。各種馬姿，不遺細節，在陳教授快筆下，栩栩如生，令人衷心讚佩陳教授的天賦藝術性。

陳教授不慕名利，窮一生之精力，培育不少藝術人才，創設中國藝術館，設班授畫，禮拜一到禮拜六，早上七時到晚上七時，從不遲到，絕不缺席。數十年如一日，無休無止地努力教畫，桃李滿門。其受業門生來自三十多個國家，迄今已逾千人。陳教授茹苦含辛地撒播中華文化的種苗，以傳統國畫同化異族，如此勳勞，堪稱空前。

有一年十二月，我被邀參加陳教授畫班全體學生為他祝嘏的慶歡會，聚會中有學生作畫比賽，以及其他精彩節目，並備有各種獎品，其中一獎品本欲頒給從未缺席的勤勉學生，可是學生當中卻沒有未曾缺席的，而唯一有資格得獎者乃陳教授。他上前領獎時，博得全場震耳欲聾掌聲，當時我很受陳教授那種孜孜不倦，默默耕耘的精神所震盪，幾乎感極而泣。

歷年來，陳教授的得意門生開畫展，我時趨前參觀，最使我觸動的是學生們的每幅畫品上皆有老師代題的瀟灑飄逸的詞句，即令是洋籍學生的畫品，他亦照題照寫，絲毫不馬虎，足證陳教授熱愛藝術之深，且處之以虔誠莊嚴的態度。

年來陳教授曾馬不停蹄地三次訪美展出畫品，去年六月在美國檀香山舉行「陳明勳教授傳統國畫展覽」，中西報均有好評。今年年初又應邀位於美國華府世界銀行的畫廊舉行個展。前往雅賞者多屬華府名流，陳教授高水準的畫品，極轟動一時，炫耀著「龍的傳人」的光芒。感於老友的盛情安排，今年六月陳教授再度飛往美東，在紐約舉行畫展。本月十四日菲華文藝協會與中國藝術館將假菲律賓文化中心的畫廊聯合主持展出陳教授的近作，此乃本地藝術愛好者的眼福。這次陳教授在浩瀚煙海的藝術天地裡，別具機軸，取材於唐詩，把詩畫融匯成一片，陶情寫意，內涵深刻，反映出陳教授淵深的畫風，提昇一般人欣賞國畫的水準。文學與藝術本是血脈一線，陳教授在雙方面都有渾厚的修養，如此才藝橫絕者，鮮有其匹。

一九八四年

生命的熱情

一個人能踏上文化藝術的道路，縱情地享受豐富絢爛的心靈世界，永不孤單，永不寂寞，那真是天賜之幸！

年高九旬的黃世涵先生酷愛書法，投下了真摯的情感，潛心臨池研習，沉浸於筆墨之藝。一般人退休後，過的往往是庸庸乏味的日子。黃先生竟於晚年孜孜矻矻地追求生活的更高境界，令人感動。

最近承贈《黃世涵書法集》封面上書家絹秀的墨寶《江夏祖訓》，似自清晨的薄霧朦朧地透出在由淡而濃的奶啡色下，顏色深暗處則亮出《黃世涵書法集》的燙金字，封面設計之典麗，色調之優美，殊屬罕見。竊想書法家藝術品味如此之高雅，其作品一定很夠水準。果然不失所望，書法集內，黃先生以大、中、小楷所書寫立軸、匾額、楹聯、使筆很到家。

書畫同源，畫重氣，書法亦然。無論是立軸或橫披，一定要氣脈貫通。書法雖具形貌，然其內涵是抽象的，是含蓄的。雖多臨摹名家、實則是「臨氣不臨形」主要是汲取筆意，意境深邃的書法是中華文化藝術最高層次。黃世涵對書法情有獨鍾，可見其眼界之高超。

《黃世涵書法集》底面印有書法家八十五歲所寫對聯：「側身天地更懷古，獨立蒼茫自詠詩。」運筆從容，氣勢沉著，予人一種寓敦厚於秀美中的感覺。書法集內有一幅於同年以中楷所書七言詩，墨色黝墨，古樸中見飄逸，書法家的大楷「龍馬精神」，筆粗意厚，魅力十足，其小楷作品工整精到，端莊清麗，也很見功力。

黃世涵先生悠遊於筆情墨趣，大享其饒富色彩的精神生活，人間清福也！而其自成一格的書法可是得力於他用心治藝的功夫。

再讀《塔裡的女人》有感

無名氏所著《塔裡的女人》，我在初中就閱讀過，可印象已相當模糊。十四、五歲讀小說，也只是看故事罷了！那有能力細細品味作者嘔心瀝血所勾勒出男女主角起伏變化的心態以及似真似假的情節？成功的小說應該不在於所編織的故事，而是在於對人物的刻劃，尤其是對複雜人性的處理。

最近吳文品大導演在亞華「讀書會」講《塔裡的女人》，我因國外有朋友來訪，錯失吳大導演精采的演講。心有不甘，遂把該部作品重讀了一遍。同一部作品，在少年、中年，甚至暮年，不同時期翻閱，感受的層次是有差距的。

因著書中綺情的羅曼史以及刺激性的表達方式，《塔裡的女人》在四、五十年代曾轟轟然被一般少男少女所癡迷。作者由情慾寫到性慾，但不氾濫。情慾也好、性慾也好，兩者都是人性。小說家本就刻意要描寫人性的。男女主角強烈的愛情絕非廉價的濫情。我們是「凡人」，不是「超人」、有情慾、必有性慾。女主角情不自禁地幾乎達到狂放不羈的地步時，幸有忠誠的情郎及時克制自己，才沒有佔據她、吞噬她。其實，由愛情昇華的性慾是神聖的、美麗的。愛與性是密不可分的，只要是走在軌道上。

小說裡的男主角已婚，接受女主角的愛戀，等於是給她判決死刑。這段情可能會引起某些讀者的非議。可別忘了，小說家豐富的幻想居多是建築在世人的愛憎上，他們只切望瓊雕玉琢的情節能贏得到讀者的喝采。如果被種種道德論縛住，那他們還寫些什麼？

《塔裡的女人》最使我激賞的是以喜劇拉開序幕的那一篇章。男主角被邀請到C女大五週年校慶的晚會演奏。當天他身著一襯不起眼的舊藍布長衫，遭遇到高傲的總招待兼司儀小姐的蔑視，誤認他為名提琴家（亦即男主角本身）的僕役，把他從最前排的特別來賓席遷移到後面的普通來賓座位。他並沒有與對方反唇爭辯，尚且很君子的表示歉意，低聲說句：「對不起。」輪到他的節目，他挺胸朝著臺上走去。經過司儀小姐時，持著一副漠然的態度，看也不看她一眼，款款步行到臺中央。

一般專業的音樂家，無論是提琴家、鋼琴家、或聲樂家，在普通社交晚會的助興節目，一向是表演一些三、五分鐘的小曲子應應景。只有在正式的音樂會上才傾注全力的獻出顯露功力的大曲子。當天晚上，這位名提琴家所準備的不過是一首抒情小夜曲；但他臨時決定要大展身手，改奏重量級、長達卅分鐘孟德爾頌（Mendelsson）的《協奏曲》（Concerto）。他把靈魂全投注在琴弦上，盡情的拉，藉著孟德爾頌宏大的氣魄發揮自己的豪情壯志。曲終時，臺下掌聲嘩然，接著陸續有人上臺向他獻花，更有人高喊「Encore！」他慷慨大方的又奏了一首修佩爾特（Schubert）的《聖母頌》（Ave Maria）。奏畢，掌聲又不絕於耳，他只好再拉了一首布拉姆斯（Brahms）的《匈牙利舞曲第五號》（Hungarian Dance No.5）。男主角在臺上大展雄風，只為一人，也就是侮辱過他、姿色出眾的總招待兼司儀小姐。誤會尚未發生以前，他早已深為她的美貌所吸引，視力頻頻投射在她身上。英氣勃發的炫耀出超然的琴藝是為報復她，也是為征服她。日後，傲慢的美女偷偷的，深深的愛著他，因而譜出一段繾綣的戀曲。無名氏這場極富戲劇性的開鑼戲分外動人，手法高明。他對古典音樂的修養把格調提得很高。提琴大小曲子，如數家珍，寫得內行，寫得漂亮。

女主角婚後不愉快，舊情人寫了一封溢滿相思情的信去「安慰」她。在信裡感情激動的傾訴他那永不泯滅，澎湃的愛情，其中還特別提起那件留有她的口紅痕跡的白色襯衫：

……這襯衫我始終掛在牆上，當作一種裝飾，從此再沒有穿過，每天清晨從床上醒來，一睜開眼，我就凝視它上面的紅色殘跡……。

作者在此使出這張牌，恐難得到讀者的同情。難道要再燃燒起一團火焰。使女主角的情感再次為之沸騰……？然後呢？既然不能使她享受到愛情的果實，愈撩起她的舊情，豈不愈增加她的痛苦？舊情人的癡情只會把她的心靈碎為片片，且會使她更憤恨他。果真是如此，一讀完，她就把那封信「撕得粉碎」，把自己困鎖在房裡，一整天不出來吃飯。作者對女主角的情緒倒是處理得很一貫。

無名氏多次企圖把男主角塑成「英雄」。在C女大校慶典禮臺上，所使出武器；英氣、才華、魅力……把心裡既憎恨又喜愛的人弄得花容失色，且又贏得了她的芳心。兩人打得火熱時，熾烈的抱吻常使雙方的性慾洶湧至最高峰，但他都能及時控制自己，保護愛人的貞潔。為了愛人的幸福，他犧牲自己，忍痛為她介紹男人。

違反作者的「英雄主義」是那封甜情蜜意的「安慰」信，因它揭露出男主角的懦弱，意志的不夠剛毅。小仲馬的名著「茶花女」的馬克里特比他堅強多了。為了兌現她對阿芒父親的諾言，她捨棄情人而去，懷著悲涼的心情，回到賣笑的場合。遇到阿芒時，她故意與挽在手臂上的「新歡」格外親熱，好叫他鄙視她，痛恨她，目的是要他死了這條心。馬克里特心意一定，貫徹到底。好剛強的一個女子！

一個結論：男主角處處關心，維護他的情人，連愛情的「殉道者」他都扮演了。他可愛嗎？不可愛；因為他沒有堂堂男子漢，敢愛敢當的魄力，肉麻「雪裡送炭」一信更顯示出他是個「弱者」。通篇小說裡最受我感動的是他在開鑼戲裡的勝利，只有在那兒我才真正看得到英雄的光彩。

一九九九年

文學與寫作

——王蒙先生文學講座第二場主席莊良有致詞

王蒙先生，各位文藝界的先進，各位愛好文藝的朋友們，你們大家好！

我們大家都知道高科技的猛進，是現代文明的特色，我們通訊用e-mail（電子郵件），我們打電話用手機，手機應該叫做e-phone，因為是電子電話，我們甚且有e-journal（電子報紙），只要知道web-site（網站），什麼報紙你都讀得到，我有一位瑞士朋友，告訴我他天天上網，讀他們瑞士日內瓦的報紙。換句話說我們已經踏進效率高、速度快的e世界、電子世界。科學對人類有很大貢獻，它給了我們種種的方便，可是科學只是人類文明的一部份。

香港中文大學校長金耀基金教授，去年在南京東南大學有一場演講，他說：「人類文明不是科學所能包辦的，人類文明是需要人文滋養的。」金教授這兩句話充滿了智慧，因為只有人文包括文學、歷史、哲學、藝術等，才能拓展我們的視野，才能提高我們的精神境界，才能增加我們的精神力量，尤其是文學，它是我們精神生活上不可缺少的養份。王蒙先生在他的作品裡就曾經這麼寫過「文學是照耀人生的一束光，是燃燒者心靈的一把火」。所以，如果沒有文學，我們心靈會多麼地寂寞啊！

昨天，王蒙先生那場很精彩的演講的結論，一句話：「文學與人生是分不開的，是難分難離的。」它不但敘說文學對我們個人所起的作用，他還提了文學對歷史、文化和時代的功能，岳飛「滿江紅」，姑不論是真還是假，他說這是一個例子。昨天，我、黃珍玲常務理事，還有王勇先生，陪王蒙先生和夫人同崔建飛先生，參觀黎剎公園，我將扶西・黎剎介紹給他們，扶西黎剎是菲律賓民族英雄，不是革命英雄，因為他沒有參加過革命活動，而是以他的筆喚醒了菲律賓人的民族意識，他那兩部不朽的小說《Noli Me Tangere》和《Filibusterismo》，可以說是菲律賓革命的導火線，這是文學對菲律賓歷史所引起最大的作用，也見證了昨天王蒙先生所說的話。

我們今天又要享受一頓饗宴，我相信聽完了王蒙先生這場關於文學寫作的演講，我們大家必獲益良深。謝謝！

二〇〇四年

話月曲了

小華要我執筆「介紹」月曲了，我沒有婉拒，原因是這位大牌詩人溫和穩重的性格很受我尊敬，應該寫，即使我對他瞭解得不多，但印象深刻。

月曲了是菲華重要詩人，其詩篇〈天色已靜〉之二堂而皇之的被撰入《新詩三百首》。在新詩上燦爛的成就不需要我在這裡多贅，我要寫的是他獨特的氣質。

初識月曲了，我即問起其饒富詩意的筆名。他說當年追求錦華時，她不理不睬的態度使得他日子很不好過，鬱悶的心緒有如一弧彎曲的月亮，因而取名「月曲了」。好一個深情動人的故事，其卓越的詩才亦於此略見端倪。

月曲了眼光裡蓄有一道銳光，卻很惜言，不隨便發表意見。他謹言慎行，處事一板一眼，很少看到他開懷大笑，或與朋友嬉鬧在一起，舉止間從不失態。他莊重而不失溫厚，見面時，常散發出一種真誠、親切的感覺。令人激賞的是他平時講話簡潔精當，與謝馨一樣，一句不多，一句不少，恰到好處，這自是多年鑽研現代詩篇所鍛煉出來的功力。

生活裡的紀律使月曲了顯示得很嚴肅，內心深處蘊處著的卻是放縱在其詩作無比的熱情。天下豪情的詩人都有他們瀟灑浪漫的一面，極使文藝界朋友感動的是月曲了與錦華幾次在文藝盛會助興節目裡，夫唱婦頌〈天色已靜〉精彩的表演。他把優美的音樂引入自己的作品，再以雄渾低沉的嗓子把它詮釋出來，錦華則在一旁以輕柔的聲調朗頌詩句，使聽眾在音樂中賞詩。「你頌我唱」這一絕，前所未有，令人難忘。月曲了強烈的創造力所締造出來的詩感、美感、藝術感……洩露出他內在世界的豐裕。

數年前菲華文壇某前輩非議新詩，千島詩社群筆雄辯。月曲了亦曾為該場筆仗拔劍過。他以生動有力的筆觸一抒其毅然不屈的場，他又冷靜，情緒不失控。辯得犀利，辯得斯文，月曲了「在壓力下的雅姿」，一時被傳為文壇佳話。

一九九九年

第六輯　文友的來來去去

友誼交響曲

亞洲華文作家訪問團一行十人，浩浩蕩蕩，於去年十一月十八日蒞菲，團長陳紀瀅、副團長何家驊、秘書長符兆祥、八位團員林適存、劉紹唐、華嚴、邱七七、姚宜瑛、劉靜娟、和焦毅夫（何副團長與焦毅夫翌日才自港抵岷，加入陣容）。陳團紀瀅是國內文藝界的耆宿，承其榮寵，為我們召集一陣如此強盛的訪問團。每位團員在臺北、香港終日窮忙，這次特為我們撥冗來訪，在菲舉行數次文藝講座與座談會，使一般菲華文藝愛好者在文藝修養上得到很多獎掖。文化交流所掀起的熱潮，是推進菲華文風的大能源，我們很感激亞洲華文作家訪問團對菲華文藝的貢獻。陳團長紀瀅勞苦功高，他對菲華文壇的關懷，我們將永遠記銘在心。

十八日晚上，文協在希爾頓大旅社珊瑚大廳舉行隆重的歡迎晚會。貴賓準時七點到會，四位女作家盛裝打扮，儀態萬千。華嚴、邱七七、和姚宜瑛，身著長旗袍晚禮服，高雅矜貴，很具古典韻味，這是馬尼拉正式讌會很少觸目到的晚裝，不由我不對她們頻頻注目，看在眼裡，別有一番滋味。劉靜娟身上橄欖綠改良裝的旗袍更奪目，那正是兩年前，我在臺北為老二四處尋覓的衣裝，那種中西參半的款式亦即近來極風行的時髦旗袍。西風東漸，連中國旗袍也被侵襲了！

當晚的陪客，除了文協全體會員外，尚有文化界各代表。節目開始，先由施常務理事穎洲致歡迎詞，然後恭請劉代表宗翰訓誨，繼由陳團長紀瀅致謝詞。賓主互贈禮品後，菲國著名民族舞蹈團表演三十分鐘，歡娛嘉賓。宴會到十時半，賓主才盡歡而散。

十九日早上，在施穎洲、蔡慶祝陪同下，訪問團先有一番拜會。中午，參加聯合日報的歡宴。下午三時，在自由大廈舉行文藝座談會。最先發言者是宏儒碩學、博古通今的何副團長，他風度文采全然是道地漢儒的典型，數十年來潛心鑽研共產黨政權問題，是港臺三家華報專欄的主筆，才名傳遍海內外。難能可貴的是他具有中國人的謙恭有禮，毫無岸傲之氣。他第一次演講的題目是大家所關心的香港問題，他神采飛揚的分析共產黨的前途，認為那種違背人性的惡道一定不會持久；而在一九九七年以前，租約尚未到期，中共絕不會佔據香港。由此而觀，香港問題是「有驚無險」。

《傳記文學》發行人劉紹唐暢談編印這本對近代史有龐大貢獻的刊物廿二年的經驗。據陳團長報告，此本雜誌在歐美更暢銷。我平常孤陋寡聞，卻時在「傳記文學」裡得悉許多名人的趣聞軼事，所以我個人很珍視這本月刊。林適存也是國內文壇的老前輩。記得五十年代，常在先父所訂閱的「新聞天地」裡拜讀到他的文章，我很喜歡他的湖南國語，叫我不會忘記他是源自華中，大陸人也。土生土長在菲律賓，每接觸到扎根在大陸的同胞，一份親切感會莫名的湧上心頭。林先生在座談會上慢條斯理的報告中國青年寫作協會的創作。邱七七為大家介紹中國婦女寫作協會的許多活動。聽她講話，就推測得出她精明能幹，是位領袖人物。大地出版社發行人姚宜瑛，雍容華貴，溫文爾雅，很熱誠的鼓勵菲華文藝作者繼續努力著作，她的出版社很樂意為大家出書。此乃大「福音」也！新生報副刊編輯劉靜娟，端麗娟秀，嫻靜淡雅，很從容的表示歡迎海外讀者投稿。文協三位常務理事，施穎洲、林忠民、王禮溥先後發言，述及菲華文協兩年來的活動，以及今後的計劃。晨光之友若艾，青藝莊杰森，也各敘述其文藝團體的情況。

座談會的壓軸戲是陳團長熾熱的呼籲菲華文藝團體今年在馬尼拉召開世界華文作家會談。符秘書長提供許多臺方三年前組織亞華作家會談的經驗。陳團長當場問我有何意見。我表示感激陳團長對菲華文藝界的信心。我們若能藉文藝的溝通，聯絡散落在四海的兄弟，那何嘗不是很有意義的事？只是菲華文壇人口稀少，要籌備一番轟轟烈烈的場面，還要從長探討，不是一朝一夕所能決定。然若有國內協助，我們一定全力以赴。座談會歷時兩個半鐘頭，極為圓滿成功。

晚間，劉代表宗翰在孔雀廳讌請亞華作家訪問團。當天恰是我的齋日，本欲向劉代表告假：然這位素來顧愛華僑熱切見稱的長官卻謂要以素食款待我，是晚盛意殷殷的為我點了六道素菜，我不僅受寵若驚，而且感激五內。十八日亞華作家訪問團抵岷時，在機場貴賓室，華嚴曾以流利的英語接受此間四號電視臺的訪問。她早年卒業於上海聖約翰大學，能操一口漂亮的英語，自不足為奇。席間，我向她提起，我已久仰她的母校，幾位我所認識畢業該著名學府的朋友都很有才氣。話題因此打開，我們愈談愈投機，談起由中文翻譯成英文的種種困難，彼此更能會意。華雖是初面之緣，她卻彷彿是我多年的老友，我竟覺察不出我們之間有任何隔閡。華嚴家學淵源，出身文豪世家，祖母是陳寶琛的妹妹，陳寶琛是溥儀的老師，祖父是民初大文豪嚴復（《天演論》譯者），九十高齡的母親林氏是臺灣望族。她個人在文藝上又有驚人的成就，著有十三部小說；但她毫無架子，毫無矯作，舉止談吐從容、穩重，麗質高貴，氣宇不凡，能認識到這麼一位小說家，誠是殊榮。

廿日星期天，由蔡慶祝與林婷婷陪同十位來訪的作家到急湍行舟、驚險刺激的百勝灘一遊。遊罷歸來，大家歡聚在香洋海鮮樓。東道主人是四位菲華女作家：謝馨。范鳴英、楊美瓊、和黃碧蘭。當晚，賓主打成一片，有說有笑。我們桌上，劉紹唐乘著喝酒豪氣，講出笑話連篇，惹起大家唏哩嘩啦大笑，有時笑得我的淚水都被擠出眼眶。吃過甜品，符兆祥說要拋磚引玉，首先站起來引吭高歌；邱七七與范鳴英相繼獻唱數曲。有此耳福，大家拍掌喝采。散會時，我主張請各位貴賓到半島酒店吃哈羅哈羅（Halo Halo）。我先向陳團長請令。他起初說有倦意，欲想回旅館休息；後因大多數團員接受我的邀請，陳團長因此也改變初衷，跟著去。他那種無我的團體精神，可嘉可頌！

我常常喜歡為遠方的朋友介紹菲律賓的哈羅哈羅。此杯大雜會裡大有文章，裡面有菓子，各種甜豆、冰淇淋、牛奶與碎冰，要先把各種食料攪拌好才吃。哈羅的原意即混合。有人戲稱菲律賓文化哈為羅哈羅文化，就因為它是受西班牙、美國、中國。以及馬來文化的浸潤，綜合的文化。步出半島酒店時，華嚴說：「太好吃了。離菲前，定要再哈羅哈羅一次！」

陳團長數年前曾經兩度訪菲，符兆祥與姚宜瑛據說也來過；但大多數團員都是首次來菲，所以，廿一日早上的節目是都市遊覽，奉陪的有施穎洲、王禮溥、林婷婷與筆者。首先參觀的是華僑義山。在車廂裡，我先為華僑義山稍作解釋：「菲律賓華僑有種奇風怪俗，即要為先人蓋房子，表面上似是既奢華又蠢愚。人已死去，何必花此筆款子？唯一的解釋大概就是我們這些流落海外的華裔脫離不了儒家的思想，我們是在克盡孝道啊！義山上一幢一幢的房子，亦即孝道的象徵。你們可以譏笑我們，你們也可以同情我們！」車上隨即傳出一陣掌聲，應該是為菲律賓華僑的孝道而鼓掌的。外國遊客到了義山，可能會嘲笑我們；了解我們的，也只有自己的同胞！陳團長練達人情，路途上表示到達華僑義山，要特別到我們幾位的先人墓前行禮。何副團長並提議要買花帶著去。這份厚意太使我們感動了！

除了華僑義山，另外還參觀了第一夫人手創的兩座國際水準的建築物，即文化中心與國際會議中心。

中午，大家一齊前往馬尼拉大旅社的香檳廳，參加一九八一年到臺北出席亞華作家會談代表的午宴。六位主人是林忠民、王禮溥，蔡慶祝、黃珍玲、林婷婷，與筆者。座上，姚宜瑛與我比肩而坐，傾談之下，一見如故，原來我們享受著同樣的審美心靈，彼此所發現美的素質很相似。她醉心古典音樂，收藏陶瓷，喜愛講究情調，一進香檳廳就很敏感的讚不絕口這場所優越的環境。菲華著名女詩人謝馨曾經為香檳廳高雅的氣氛撰寫過一首詩，當場特別請她朗誦她的大作，以增添一片詩情畫意，羅曼蒂克的情韻，使大家猶如置身人間仙境！

三時快到，林忠民即率領亞華作家訪問團全體團員到中正學院主持文藝講座。晚上六時，菲華文經總會設宴招待。八時，文協與文總共同在自由大廈主持文藝講座，亦即亞華作家訪問團在菲活動的高潮之一。主講人是何家驊與華嚴。何副團長是資深的中共專家。他又一次語露詞鋒的闡釋中共政權的局勢。他堅持，陰險邪惡的共產黨一定會失敗；一旦崩潰，屆時國家很需要海外華僑的臂助，來完成復國的大工程。

輪到華嚴演講，她以暢流的口才、娓娓道來她寫作的經驗與技巧。她著作過十三部小說，當然有很豐富的資料可以貢獻。據她說，她原來的演講稿長達三小時，由於時間的限制，她削頭刪尾的，只講三分之一，太可惜了！她講得坦誠，寫實，很引人入勝。我聽得目眩口呆，得到不少靈感。我認為她是去年舉行過的文藝講座最成功的主講人之一。

廿一日早上，施穎洲與筆者陪同貴賓參觀菲人著名收藏家魏惹蕊巴（Robert Villanueva）的陶瓷收藏。這個節目，我曾經再三思考過。個人的興趣各異，這些外銷瓷品質粗劣，不能與官窯倫比，何必浪費客人寶貴的時間，多此一舉呢？我的理由是我國宋、元陶瓷遺落在菲律賓，不可勝數，身為華人，豈能不聞不問？個人的興趣在其次，外國人大量收藏中國的文物，我們能不與有榮焉？大概是我自己身上的血液潛流著一股濃得化不開，熱愛中華文化之忱，有時我也搞不清是我生性主觀太倔強，抑或是我的民族觀念太顯著！

因參觀陶瓷的地點就在富美村，我順便指引車夫駛入附近的美國公墓。這是紀念第二世界大戰七萬美國軍人在太平洋殉身的墳場。在車上，林適存宣佈有一天他將自告奮勇，加入此墳場，把紀念碑增為七萬零一座。劉紹唐，幽默大家，立即反駁道：「你是否有此資格，那還需待考！」大家隨之哄然大笑。我發覺每天與劉先生見一次面，是一件樂事，他一開口就叫你裂著嘴巴合不來。有一次，他告訴我：「福建人的國語很不錯，只是張與莊，有時混淆不清。有人說張傑，我誤以為莊傑。張莊可不同宗！」

中午，亞華作家訪問團回請，席設頤和園。宴罷，何副團長與焦毅夫由林婷婷與符兆祥護送往機場，返回香港。我則悄悄趕回家，預備下午四時的茶會。

陳團長信上曾經提起訪菲期間要與老友菲律賓筆會會長荷西先生會面，希代聯絡。幾經與施常務理事討論後，決定在舍下為此舉行茶會。到會者，除了荷西先生外，尚有五十年代知名度最高的菲專欄作家，阿列漢諾•羅細士。貴賓們已被招待幾天的盛筵華席，饜足珍饈佳肴，這次我冒昧的款以粗食，讓他們換一換口味，菲律賓哈羅哈羅的文化於此暴露無遺，成桌的點心有福建粉絲、廣東燒賣、菲律賓椰子心春捲、美國小雞肉餅，甜品中有西班牙糕，若干種菲律賓椰汁做成的糕點，以及本地鮮菓。桌子疏散在游泳池畔，假如吃不慣土食土糕，尚能在自然，涼爽的空氣下聊個舒暢。

一九八四年

春風時雨

三月初旬，臺北的文藝月刊作家訪問團應菲華文藝協會之邀，在司馬中原團長率領下蒞菲，主持數場文藝講座，使菲華文藝愛好者得以欣賞國內文壇大家的睿智和風采。當時適為菲律賓大學鑽石年禧之慶，各學院均有各種節目的安排，文學院特別敦請文藝月刊作家訪問團團員之一，學貫中西的顏元叔博士，向該院師生作專題演講，顏元叔博士之來訪，可謂一舉兩得。

顏元叔博士研究的是浩如海洋的文學，而他文章的題材常是些生活裡芝蔴大的小事情。由此，我已猜測得出，這位學者一定有很突出的性格。他可以與其他文人高談闊論他的本行——文學；也可以與凡夫俗子搭訕聊天。雖然他的文學博士學位有點使我惴惴然，我還是很希望有接近他的機會。

三月七日早上八點，由蔡慶祝、林婷婷、莊杰森與筆者奉陪文藝月刊訪問團五位團員：顏元叔、尼洛、瘂弦、胡有瑞和程榕寧等，前往菲律賓大學，禮訪菲大校長洪雅達（司馬團長因身體違和，未克同行）。路上，在車廂裡，我向顏博士表示我內心的感觸。他這次來菲大講學，不但是國家之光，也是華人之榮。菲律賓華人百分之九十是商人。數十年來雖然有幾位很傑出的醫生，可是文人學者如施穎洲，實在是少之又少。所以，菲律賓人印象中的華僑都是些定型（stereo-type）的狡猾商人。今天有位中國學者來向他們講文學，我個人覺得格外的興奮。一踏進菲大的校門，我就有一種神采奕奕，傲如孔雀的感覺。

首先，由文學系主任希達珂博士領帶我們到菲大校長會客室，拜謁洪雅達校長。那時，菲大校長正在開會。他的秘書端進一盤汽水，招待我們。在等待中，我心直口快的說：「這個會客室我來過。好幾年前，在家兄陪同下，來向當任校長辜浦士，為拙作徵序。」顏博士反應得很快，立即向我要書。我楞了一下子，並不是我有意要向顏博士獻醜……此時，洪雅達校長正好步出他的會議室內，微帶笑容的朝著顏博士走過來。希達珂博士在旁為他倆介紹，然後由顏博士向洪雅達校長一一介紹在座的其他四位中華作家。言談中，顏博士提議，今後菲大與臺大可交換教授，作為交流。洪雅達校長欣然接受顏博士的高見，並掉頭向坐在他身邊的希達珂教授示意，要他仔細研究這件事。告辭後，尼洛、瘂弦、胡有瑞與程榕寧等在蔡慶祝的陪同下，離開菲大，入市去拜訪劉代表宗翰博士。顏博士與我等則在希達珂博士的陪同下，去拜會文學院院長。洪洪珂夫人。該院長雍容華貴，且善詞令，與顏博士雖是初次謀面，彼此侃侃而談。十點快到，洪洪珂院長帶領我們前往演講會場。

顏博士為這場講座，以洗煉的英文預備了一篇長達兩萬字的論文，題目是「臺灣的寫實小說」。顏博士首先鄭重的聲明，不要把寫實主義（realism）或稱社會寫實主義誤為社會主義的現實主義（socialists realism）。他認為文學作品要有現實性，必須涉及具有代表性，且是近代的社會問題。這些作品，除了闡述社會問題外，尚要反映在其壓力下，如何反應的人性。他斷然重複社會寫實主義不是社會主義的現實主義；後者被主義所束縛，使作者失去把社會真情發揮為藝術的自由，所以社會主義裡的文學不是文學，而是宣傳。

顏博士有系統的把臺灣的寫實小說劃分為三個時期：

第一個時期是一八九五至一九四五年，亦即日治時代的著作。這時代的作品很多都是描寫臺灣人和日本人之間的故事。顏博士所選擇的代表作除了形容臺灣人被日本人侮辱所引起的反感外，更深一層的描繪臺灣人心理上各種不正常的掙扎。在楊逵的著作中，去自臺灣在東京當報童的小夥子，因相當日化，就冒充為日本人，在日本天下裡混。顏博士指明這是被征服者的自卑感。他更觀察出報童的母親矛盾的心理，因受日本人的壓迫，她的地產被日本政府所佔據，在饑荒的情形下，她咬著牙齒，要兒子背著包袱到日本去求生。日本是她一切災害的根源，她不但不視為仇人，反而把希望寄托在日本。顏博士從另外一個角度來分析這個女人的心理。在她的小天地裡，心目中大概認為全世界都被日本所佔有，那麼只有在日本才能獲得光明。

顏博士另外推出張深切的自傳，陳述作者早年毫無民族性，完全把自己當作日本人；可很猛烈的打擊，導引他參加各種抗日的活動。顏博士認為張深切比楊逵，對日化的臺灣人心理上的壓力，有更入木的刻劃。

一九四五年，臺灣光復後，臺灣人開始和大陸有聯繫，因而重振他們的民族性。此乃散見於當年的作品，葉石濤的小說亦即其中之一。

第二時期是一九六〇年至一九七〇年的著作。這時期的作家開始追求真實文學，他們的創作多以近代的臺灣實情為主題。在今日不中不西的臺灣家庭裡，中國傳統的家庭制度已在變動中。誰是家庭經濟供應者，誰就是一家之主。告老的父母，因為是依靠者，已屈居下位，常被下輩視為累贅。很受顏博士推崇的是五四運動以後，最成功的作家之一——王文興。他小說裡父子間的摩擦亦即基於這種新舊社會價值觀的衝突。

顏博士也提起陳映真的小說，描述臺灣人與大陸人男女結合所遭遇到種種的助力與排斥。顏博士譴責陳映真對大陸人有成見，批評他們的筆調跡近刻薄。因此顏博士頓起一個很大的疑問，在所謂「寫實文學」裡，多少成份是真實的？多少成份是受作者的情緒化？

第三時期是近十年來的著作。顏博士特別提起一九七六年所風行的鄉土文學與工農文學、兩種文學都有宣傳作用，並非真實文學，所幸一年後即消逝。顏博士推出黃凡的小說為這時期的代表作。這部小說敘述一年輕小夥子被一政客所利誘，加入其地下非法的政黨，被捕入獄，獲釋後，已被該政客所棄忘，作者雖以政治為背景，他並不強調政治的色彩。他所要描述的那個年輕小夥子忍受「被叛」時的悲憤。靠著老天爺的安排，那個年輕小夥子下半生還交上財運，過著富裕的生活。作者對其妻奢侈放蕩的作風，大加諷刺。這部作品主要目的是反映現代社會的物質肉慾。

歸結起來，顏博士把臺灣寫實小說的主題分為四種：

一、民族間亦即臺灣人和日本人在日治時代的故事，這後來又溶化為地區亦即臺灣人與大陸人的故事。

二、經濟對臺灣的傳統家庭倫理的影響力。在今日的現實社會裡，反哺奉養的親情已不被重視，孝子賢孫已不常見。

三、經濟在社會大體上所產生的效力。在作者的眼中，繁榮的經濟常會腐靡一般人的精神生活，損壞社會的道德觀，可是歷史證明經濟愈發達，文化愈昌明。財富可使人性墮落，也可以提高人性。作者為了要追求人生之真，應該以客觀的眼光來透視財富雙方面的力量。

四、僱主與被僱者之間亦即包括各種上司與部屬的故事。

最後，顏博士再三強調文學要「忠於人生」。他認為，假如我們不去追究文學作品是否符合社會真象，那我們如何鑑定文學之真呢？

因為時間有限，顏博士只講他預備的論文的五分之一，菲大卻獻議要把他的全篇論文油印出來，作研究資料。顏博士具有第一流的英語口才，發音準確，流利悅耳。他演講時，四座寂然無聲；但有時聽眾可也隨著他的幽默感爆出陣陣笑聲。一待講畢，掌聲不絕於耳。坐在聽眾的最前排，我一時宛如覺得長高了幾寸，久久不能自己，眼淚都快掉下來了。我也不曉得自己對顏博士會有如此強烈的認同感。當場有三位文學院的教授向顏博士頻發問題，顏博士文采斐然，對答如流。

講座結束後，菲大文學院以頗富營養的午餐，盛意招待顏博士與他的幾個「隨員」。席間，五十來歲、風姿綽約的洪洪珂院長非常讚賞顏博士的論文所帶給他們的靈感。她認為文學若能配合社會科學，尤其是社會學，小說的著作將會更精緻，更有深度。她邊吃邊談，議論風生。顏博士亦是談笑自若，餐桌溢滿著一團生氣。歡談中，我告訴顏博士，菲律賓目前風行著菲英參半的語言，叫著Taglish。凡是教育水準不夠的，皆操此不純正的語言。日常生活中、電影裡、電視上、到處都聽得到、那是很悲哀的現象。素以風趣見稱的顏博士，隨即把我的愁容化為笑容，他很靈快的說：「那中英參半的語言應叫著Chinish了！」不一會兒，洪洪珂院長正在與文學院幾位教授閒談某菲作家的西班牙著作。我從中向顏博士解釋：「菲律賓人多以英文著作，那是一種很大的掙扎。他們所寫的英文小說不一定是美國人或英國人所能接受的。當然也有例外。在本地的雜誌裡，有時瀏覽到一篇中篇小說，我立刻意會得出那是出自本地人的手筆，文法絕對沒錯，就是因為英文不是他們的母語所出的差勁。」翌日，我在竹苑副刊上，拜讀到黃梅訪問顏博士的記述：顏博士的一段話正吻合我的意思。顏博士說：「以外文寫論文，不困難；但是以外文從事創作，那就不是簡單的事。」這可見顏博士對英文有很深刻的認識。凡是對一種語文研究得愈深入，愈會明瞭它的複雜性。

離開菲大已快兩點。我們沿途聊了一陣子。顏博士問起我有幾個孩子。我回答說有兩個女兒，而且不打自招的說出她們的年齡。他以為我一定是早婚，我急著表示不同意：「不！我不是您想像中的那麼年輕。不管了，反正我不是靠姿色吃飯的，不是明星、也不是歌星……」

「妳剛才一口英語，現在突然『明星』、『歌星』的朗朗上口，語言的轉用好快啊！」顏博士批評道。他本身精通中英文，對兩種語言運用自如，所以對語言技術上的轉變特別敏感。學者到底是學者，與其為伍再微不足道的小節也逃不過他們犀利的耳目。這也是所謂「刺激」。接著我們談起正在本地放映的影片《牧馬人》裡而的各種情節。他因而提到他們家族中很多傷心的事。四十五分鐘的車路本會令人覺得厭煩；可是，我太珍惜與顏博士私談的每一分鐘，就是一個半鐘頭的車路，也會覺得太短暫。送他回旅館時，我怕他太累，勸他既然不是主講人，下午中正學院的演講可以不去、好好在旅館休息，以赴晚上在自由大廈舉行的講座。但是他為人誠摯認真，中正學院那一場，他還是趕了去。晚上他又作一場很精彩的演講，趣談他寫雜文的經驗。我又是一次的如沐春風，心醉神馳的聽賞著，看見他如此勞累，一天作「秀」三次，我不禁替他叫屈。

顏博士不辭辛勞，向學校告假，撥冗來菲為菲華文壇和菲大作如此巨大的貢獻，我們心中的感激，又能圖報於何方？他的時間排得很緊湊；我給他的短箋上這麼寫著：「領教過您兩次的演講，對您的中英文學造詣之高，欽佩得五體投地，我們國家有如此英才，實在是榮甚！幸甚！」

一九八三年

哀莊垂明

昨天文壇好友王錦華來電話，告以垂明已於二月十六日辭世，我大為驚痛，不由陷入一種沉甸甸的失落感中。

垂明與我是遠親，他很客氣地稱呼我「良有姑」，使我好窘，幾度調侃他道：「都給你叫老了！」他總是笑咪咪的。老實說，怎麼當得姑法，我亦摸不清。只記得童年時，常見到「清秀兄」，垂明的父親，與家父在一起親切閒談。反正，與這位才子有血緣是我的殊榮。先父明、清書法藏品裡有他外曾祖父、清朝最後的狀元吳魯的墨寶。真是家學淵源！

不知怎麼的，垂明的大哥垂容，二哥垂澤，和姐姐垂英，打從中學時代我就認識；唯獨垂明是八十年代在文藝界才結識到。猶記一九八三年，臺北的文藝月刊作家訪問團應菲華文藝協會的邀請，在司馬中原團長率領下蒞菲，主持數場講座。在頤和園二樓的歡迎午宴上，有一位面目清秀，文質彬彬的陌生文友溫和地向我點頭微笑。我當時不知道他是何方神聖，可也咧著嘴，報以微笑。事後，才恍悟他就是鼎鼎大名的莊垂明，為了我的無知，深感歉疚。

新詩，我是外行，竟亦被好幾首垂明的作品震撼過。他驚人的詩才早已被肯定。臺北詩壇給他載了無形的桂冠（Laureate）。他的詩作以質取勝，量不多，有如林忠民的名言：「著作不求量，要能傳世。」文藝作品最好是千年萬世後，尚能熠熠生輝，不被時間巨流沖蝕。垂明的代表作「瞭望臺上」，精短神奇，魅力無窮，如此讓讀者動容的佳作，必會永垂不朽。

垂明寡言、內向、剛正，遇到違反公平的人或事，他會站出來仗義執言。他自稱是獨行俠，寧可獨來獨往，參加文藝團體是為朋友。垂明當選過菲華文藝協會常務理事，還是我事前煞費苦心，勸說許久，他才答應接納的。施老總穎洲愛才、惜才，喜在他的專欄裡大加推許。垂明則說他每天晚上睡眠前所祈禱的是翌晨閱報時，「龍傳仁」專欄裡不要看到自己的名字，也真可愛！幾十年來施老總給他諸多的愛戴，他至死不忘。病故前，把最後兩首詩獻給文協，那不是報恩，是什麼？

除了仰慕垂明的才華之外，我對他有一種特殊的感情，為的是他的淳樸淡泊，他的志節才德，他的多情好義……。

莊幼琴，垂明的堂妹，以悲慟的口吻告訴我，垂明走前，就已囑咐要火化他的遺體，且曾偕女兒到海邊，冷靜地意指要把骨灰揮撒在某一段，聽了令人斷腸。如今，詩人已遠離紅塵，漂流在廣闊無邊的海洋。嗚呼，哀哉！痛哉！

別矣，垂明，有了傳世詩作，您將永留人間！

二〇〇一年

靜默中的光芒

去年十二月底，正瀰漫著過年的喜氣，垂明的幼女譚咪自美國來菲探親，給我打了一通電話，言謝我為她父親出書，並約好要來舍下看我，不由撩起我對垂明的一片哀思。電話掛斷後，淚水意外地從眼角滑下。垂明的詩作，數量不多，但有驚人的力量。交友亦然，三、五知己，真切的友誼絕不是時間所能輕易沖淡的，好像他深厚的情感都是慢慢地從靜氣中醞釀出來的。一品紅酒似的，味道很有個性。

這位世代書香的詩人正贏得讀者彌久不絕的掌聲，竟如春風般急速飄逝，令人為天地造化之悲劇性感到淒涼，感到凜然。

記憶裡，與垂明聚會最頻繁的是他當菲華文藝協會常務理事時，在施老總穎洲的領導下邀請臺灣名詩人余光中來菲講學，參與各種籌備事宜與接待工作那一段緊張興奮的日子。實際上，垂明性沉默，熱鬧場面非他所好，亦即英國人所謂的「不是他所喜愛的一杯茶」；但他嚴肅而不失溫藹，安靜而深沈。言談間時報以童真的笑容、溫文可愛，即使偶爾啟口提供意見，也是言簡意賅，宛如寫詩一樣，句子精潔明亮。

垂明移居美國後，久久音訊杳然。忽然，「菲華文藝」月刊冒出一首出自他的手筆的「致良有、謝馨、約翰」貼近人心的分行信札。筆調看似輕淡而綻露出暖暖的韻味。詩人把生命裡濃鬱的感受化為藝術，表達在至高意境的詩作裡。詩如其人，聲音溫和可人，而思想深邃。詩到底是他心靈的歸屬，一揮筆即激發起一波動盪。

一九八九年我在香港蘇富比拍賣會標得一幅林風眠的畫。因為是精品，投標者殊多，競投得很劇烈，由於志在必得，最後舉牌的是我。拍賣官把搥子往桌上一摔，在場的人紛紛前來向我握手道賀。返菲後，垂明傳聞到我買畫的事，特地邀約謝馨和施約翰來我家看畫。他觀畫的反應我已回想不起來，只記得玩笑似地對他說：「精采的畫與您輝煌的詩，同是千古事……。」骨子裡是在稱頌他在文藝上極具氣派的創造力。他笑而不語，那種沈穩的氣質，是我所難忘的。

垂明雖在人世間來去匆匆，他瑰麗的詩才已把他在讀者的記憶裡塑成永恒的偶像！

譚咪來看我時，美意贈送一盒美國西岸最名貴的GODIVA巧克力糖，她更帶來叫人安慰的信息，淡然陳述她父親罹患不治之病，從頭到尾，沒有過一句怨言，一聲嘆息，很灑脫、很了然！靜默、剛強，不就是垂明的底色本質嗎？乃至生命臨終時，他依然故我，寧靜安祥地接受上天的安排，有如一首無言的詩！

二〇〇二年

泣亞藍

下午帶著悲慟的情懷與鳴英相偕去慰唁亞藍的家屬。在殯儀館門口，一觸目到「碧蘭」兩個字，一陣酸楚遽然湧上心頭，兩團淚水盈滿雙瞳。見到亞藍的親人，我的喉嚨更是梗塞得久久說不出話來……。

我認識亞藍是靠文藝的媒介。她是菲華文藝界的核心人物之一。我於一九八一年才開始參加文藝活動，所以我們有十年的友情，並不算短促。「文協」是我們聚會的營地。文藝活動以外，大家忙這忙那，不太有見面的機會，我卻視亞藍如親人，我關懷她，愛惜她，仰慕她的文學成就自不在話下。亞藍對「文協」奉獻尤多，就因為她有出眾的藝術天份；「文協」各種盛會，牆壁上所貼三、兩排醒目耀眼的藝術字全出自她的大手筆。有時候為自己的私事忙，騰不出時間來，她會毫無怨尤的為了塗塗剪剪那一大堆厚紙字而熬夜。亞藍又寫得一手飄逸娟秀的毛筆字。「文協」每有宴會，幾十份請帖都是她一人書寫的；連分發請帖與打電話聯絡各文藝團體等煩瑣的工作，亦一向由她包攬下來。因為她辦事既敏捷又精悍，效率奇高。最令人感動的是事無鉅細她都使勁的去做，而從不使出一副倦怠相，更不曾嘀咕過半句怨言。「文協」每場歡宴和講座，與會者濟濟一堂，好不熱鬧。亞藍的辛勞，深銘我心。

今天悶坐在亞藍的靈堂前，我被凝重的情緒壓得沉沉的。她的熱心，她的苦勞，她的無私在我的記憶裡翻騰著，眼淚不由簌簌而下，但我心中對亞藍的哀悼又豈是幾滴淚水所能聊表的？

亞藍在生偶而在電話裡氣忿忿的向我傾訴她內心的委屈，我無不替她叫屈。她至誠熱心於文藝工作，常常把自己寶貴的時間無條件的貢獻給別人，可恨的是有些人竟不把她放在眼裡，訴盡人世間的冷酷無情。我老是苦口婆心的勸她盡量把時間保留給自己，專心致力於文藝創作。她的作品在菲華文壇綻放光芒，那是有目共睹的。近年來幾篇令人喝采的力作，諸如榮獲臺北梁實秋散文獎的〈家書〉；發表在中國時報人間副刊的〈英治吾妻〉，被收入《世界中文小說選》的〈風雨牛車坊〉……等等深受國內外文藝界的矚目。施老總穎洲尤其激賞她的小說創作，在他專欄裡曾介紹她為菲華「首屈一指」的小說家。亞藍飽嘗世故的滄桑，其作品均取煉於生活的經驗，所以很能刻劃人性，敘盡世情。

去年八月得悉亞藍罹患絕症時，我被一股強烈的失落感侵襲得滿腔悒鬱。幾次哽咽著喉嚨，泫然欲泣的在電話上與施老總談及生命垂危的亞藍。我對她的激情，施老總最了解，他自己更為菲華文壇將殞落一顆巨星而喟然歎息。我每日為亞藍拈香禱祝，祈望奇蹟出現。三番兩次懷著低落的心情約謝馨去探望她。出乎意料的，她每次都精神奕奕的與我們談天說地。她是聰明人，對自己的病情心知肚明，但她卻具有堅忍不屈的鬥志。一般人可能會滿臉蒼涼的神色，呆滯、沮喪的任憑命運的安排。亞藍非但沒有喪失求生慾，尚且積極在整理她歷年來的作品，準備出版她自己的小說集和散文集。她辭世五天前，我捧了一盆蘭花去探視她。當天，她的氣色一如往昔的正常。閒聊中，她精力勃勃的告訴我她已去信給一位在臺北的老師，請她設計即將出版的兩本書籍的封面。眼看她對生命充滿寄望，我也且喜且憂的與她暢談她出書的事宜。未料不數日，她竟倉促離去。

亞藍了無遺憾的結束了人生的航程。她驕人的文藝造詣將使她在菲華文壇永垂不朽。即使在九泉之下，也當莞爾一笑了！她任勞任怨的文藝工作亦將恒久的鐫刻在我們的心坎裡。亞藍雖逝猶在！

一九九一年

抱歉，月曲了

較早，從摯友謝馨處獲知月曲了身體違和住院，說是「老毛病」，大腸潰瘍。不多久，又聽說開刀手術成功，已沒事。聽了頗感欣慰，興奮的期待著見面的機會。當時也沒想起要前往醫院探病，主要原因是不忍心攪擾他。

自己生病住院，很怕親朋來訪，很怕麻煩他人。再說，病臥在床，軟弱無力，很想靜靜修養。客人在病房裡關心地問長問短，感激之餘，自必禮貌的詳述病情，幾位訪客走了，又來了些其它的朋友，得唱片似的重複又重複所患疾病。身心虛弱時，講話需使力，若能默言不語，那多好！這就是為何我很不想打擾在醫院療病的朋友，目的是為病者著想。

今年二月初，我罹患肺炎，住院十天，只打短訊給予謝馨，且請她保密，以免驚動朋友。幾位菲好友瞭解講話很辛苦，亦只來短訊，因而得以在醫院安安靜靜的療養。我告訴謝馨，極盼哪一天我病危臨終時，亦能在寧靜中離去。這大概是可望不可及的幻境吧！

才一個月前與謝馨有飯約。她事前一番美意，提議飯後一道去探月曲了。我還是依然故我，唱起老調，認為好朋友甫康復，還是讓他多休息。其實，我對月曲了幾個月來的病況知道得太少了，所以才如此「絕情」。此刻我不禁懷疑自己對探病冷峭的心態是否與人情世味有出入。

七月十二日月曲了辭世第二天，閱讀到錦華在《耕園》所發表〈又是一場夢魘〉，才駭然得悉原來月曲了被病症困擾已有一段時期，在出院入院的波濤裡翻騰著。因著孤陋寡聞，月曲了的痛苦病況，我一直在五里霧中，全然不知，獲悉後至為驚痛。這麼一個好朋友困在受苦受難的日子裡，不登門探病、不打電話慰問、不送花致意，深覺羞慚！

如今月曲了驟然離去，我滿懷罪疚，心神不寧，夜裡輾轉反側不能入眠。

低聲向您道句「抱歉」，月曲了。您臨難時，不見我蹤影。冷酷無情並非我本性，最大的遺憾是您嚴重的病況，我知道得太晚了、太晚了！

二〇一一年

惜別我很在乎的詩人

——懷念好友月曲了

七月十一日早上不到八時，美瓊的電話來得特別早，我有幾分驚奇。接電話時，她傷心地向我傳達噩耗：「月曲了今天大清早走了！我很擔心錦華，她怎麼辦啊？」我一時震慟，腦子不清不楚，已記不得對美瓊說些什麼。放下電話同時，眼淚直流……悲痛時，還能說什麼？只有淚水是最達意的語言。

參加菲華文藝活動卅年，有幸結交到幾位才華璀璨又誠摯率真的文友。美好的友誼使我飽享人生的情趣和溫暖。月曲了和王錦華就是其中之一。

說也奇怪，平常在生活裡磨蹭，忙東忙西，與月曲了夫婦歡聚的次數不算多，卻很珍惜他們的友誼。在任何場合，有月曲了夫婦在，我內心會頓時一亮，很高興。每次有家宴，月曲了和錦華，這對雙宿雙飛的文壇鴛鴦，若有事不能出席，我會格外失望。不知怎的，我就是很在乎他們倆。人與人之間的緣份有時是很難說清楚的。

月曲了正直儒雅，言詞不多，然偽善醜美在他眼裡涇渭分明。他的眼光絕不是「碎」的（註），千萬別上當。多年前，在文協理事會上閒聊時，我曾經對他說：「景龍，你給我的感覺是你如水、有著柔和、堅毅的力量……很少見的。」

月曲了可以嚴肅，可以幽默，這是他的品牌。最後一次與他們夫婦同席吃飯，討論出版文協叢書事宜時，我自稱自己的文集都是些不成熟的作品，他即刻搭腔道：「半生不熟，會鬧胃病！」人家說幽默是天份，培養不來的。

月曲了驚人的創作力不止洋溢於他的詩作上，亦處處流露在他生活裡。你頌我唱〈天色已靜之二〉是我所難忘的。「同床異夢」被他倒過來作「異夢同床」，作為他的詩與錦華的散文合併為一書的題目，意趣迥然不同，不由我翹起大拇指。錦華一身的妝扮，據說他是幕後設計師，靈感自是來自聰明嬌美的愛妻，無怪乎錦華的穿著衣飾永遠那麼瑰麗動人！從文友篇章裡獲悉蔡家住宅裝潢的極雅致，頗有創意，只可惜我沒有福份欣賞到。切望錦華有朝一日請我去她家喝杯茶，讓我開開眼。其實，到時候觸景生情，屋在人不在，灑淚啜泣勢所難免。目前沉重的訣別情緒尚濃，哪有勇氣去觀賞月曲了的遺物。

我個人文集的封面，曾經聘請專家設計，由我自己提供意見，特囑要以中國古陶瓷作背景，前面則穿插幾張所收入文章題材的圖片。設計師電傳給我四張圖案，任我選擇，其中有兩張我特別喜愛，舉棋不定。參加亞薇與若艾早期作家研討會那天下午，遇到月曲了，雀躍萬分，馬上抓住機會向他請教，我本已多次領教過他優越的藝術眼光。我問他：「何以選甲，不選乙？」他滿懷自信，答得很俐落：「靠直覺。」文學與藝術本屬同一範疇，才氣是基本條件，詩人才子的影子能映入我文集的封面，誠是我的榮幸。

我文壇以外的活動，屢蒙月曲了夫婦的熱心支持。二〇〇八年在Yuchengco Museum楊氏博物館的漳州窯展覽開幕典禮暨展錄發行會，許多文友包括月曲了與錦華友勞駕參加開幕儀式且破費收購展錄。隆情厚意，很令我動容，尤令我感悟到友情的可貴。

二〇〇九年，小正師姐邀約我在慈濟主持一場有關社交禮節的講演。當天赫然發現聽眾裡有月曲了與錦華。我心裡不禁浮起一陣溫煦。他們夫婦倆白天為小店窮忙，居然誠心誠意地撥冗來為我加油。真的很謝謝月曲了與錦華的錯愛。

月曲了匆匆忙忙地結束了所有塵緣，好不令人心酸！他此一生至為成功！其文藝造詣與為人處世所綻放出的光輝，閃閃照亮他的大半輩子，遺留給世人去懷念，去追憶，美麗的回憶能喚回詩人的音容就好了！

二〇一一年

☆註：月曲了於二〇一〇年所出版詩集，亦即菲律賓、華文風叢書之八的題目乃：《我的眼光是碎的》。

微型小說

耶誕節前夕的晚餐

過年過節是一家人團圓聚宴，樂敘天倫的時候。蕾芝兩個女兒在美國留學，年假時回時不回。近兩年來家裡耶誕節前夕的飯客全是婆家的人，也滿熱鬧。最近三個女傭，走掉兩個，一切家事暫由朱莉葉獨挑。蕾芝怕累病了她，認為這是難得的清福，今年耶誕節前夕，兩老的應該輕輕鬆鬆的到外面享受一頓詩情畫意的燭光晚餐。

一般豪華餐廳耶誕節前夕盡是一品「定食」菜單。美則美矣，客人卻沒有抉擇的餘地。其實蕾芝講究的是情調，對珍饈佳餚毫不在乎，只因為她先生對烤火雞情有獨鍾，數日前蕾芝即認真的打電話到幾家五星飯店的餐廳查問那一家的耶誕大餐有烤火雞。她最喜歡的文華東方飯店裡極其氣派的「蒂寶利」法國餐廳恰有她要的主菜，她立即定了一張枱子。

到時候他吃烤雞，我吃情調，兩全其美，太棒了！……蕾芝越想意越濃，興奮了好一陣子。

廿四日早上蕾芝遞給朱莉葉一襲她最近在香港購買很入時的黑色飾有白蕾絲領子的衣服，要她六點以前燙好，送回更衣室。且又吩咐她要把那雙「狄歐兒」綴有銀色蝴蝶結與銀色低跟的黑絨皮鞋刷乾淨，以備晚上穿。

已快十一點，蕾芝急急走出臥房，趕著要去美容室做頭髮。朱莉葉從廚房裡加快步伐迎出來，報告道：「太太……藍穆利亞先生的司機剛送來一隻烤火雞。」

一聽到「烤火雞」，蕾芝呆了半晌。

「家裡既有便成的烤火雞，難道晚上還要出去逍遙？」她心裡起了疙瘩。

「反正等到晚上開飯的時候，藍穆利亞的烤火雞亦已冷掉，留著明天吃罷，火雞大可冷吃。」晚上的節目已安排就緒，蕾芝很不想摒棄美好的計劃，暗自理論一番之後，也就一派悠然的鑽入車廂。

「到Pierr美容室去。」她安然自若的指示司機。

蕾芝的先生有工作狂，下午六點從辦公室來了電話：「我這兒還有事，您先打扮好，我七點一定趕回家。」

蕾芝正在鏡前粧飾，忽然聽見內線電話鈴響了起來，她趨前去接，朱莉葉清脆的聲音從耳機裡傳出來：「太太、林亨戈先生送禮來了。他在客廳等您。我把他帶來的一隻烤火雞放在廚房裡。」

「又是烤火雞！」蕾芝喃喃的說，聲調壓抑不了幾分怨懟。她先生的朋友對他寵渥有加，知道送烤火雞最能獲取他的歡心。人家款款盛情，蕾芝怎好不心領？即使有難言之隱，她還是走出去笑盈盈的招呼客人，且搬出一大串感激涕零的話。

送走客人後，蕾芝無可奈何的步進廚房，默默的瞅著桌上那隻豐腴肥胖的禽鳥，然後轉身走向大理石桌上的電話，一手提起電話筒，一手輕按文華東方飯店的號碼。

「喂，請你給我接蒂寶利餐廳……蒂寶利餐廳嗎？我是丹太太，我要取消今晚上所定的檯子。」

一九八九年

附錄

莊良有的一顆「陶瓷心」

北京光明日報駐馬尼拉記者　徐靜

「物乃熟而生情」，是當今菲律賓中國古代瓷器研究第一人、菲律賓東方陶瓷協會前會長、菲律賓華裔文化傳統中心陶瓷館主任莊良有老師結緣陶瓷二十餘載的深刻寫照。

莊老師對菲律賓的中國古代瓷器有多熟？對中國古代瓷器的研究有多深？

從她侃侃而談菲出土出水的中國瓷器的年代、窯口、特點等等，從她走訪菲大大小小瓷器收藏家所拍攝的瓷器照片，從她參觀倫敦、法國、日內瓦等地的著名博物館後寫的關於中國裝飾品的篇篇隨筆，從她為眾多瓷器展撰寫的厚實展錄，從她累積案牘的研究論文……這一樁樁、一件件瑣事，已使我們對問題的答案一目瞭然。

自一九八一年心懷好奇加入了菲律賓東方陶瓷協會後，莊良有的那顆心就逐漸熔融於陶瓷世界裡。在這個剔透的世界裡旅行，要求跋涉者心存信念，在紛繁的歷史考古文獻裡尋求快樂、在孤寂的旅程中探訪知音、在中國古陶瓷層層疊疊的迷霧中孜孜以求。

莊良有對陶瓷研究的執著信念，一方面是承襲了其父輩濃鬱的中華文化氣質。她是菲已故著名人士「儒商」莊萬里先生之女，自幼受金石之氣、慧蘭之香的薰陶，為她今後走上瓷器研究之路埋下了伏筆。而其父對中華文化的愛之深、情之切也升華成一種精神力量，默默地支持她在陶瓷研究的瀚海中一路走來。莊萬里先生雖身處他鄉，但心繫華夏。他生前斥巨資收藏中國名家書畫，其畢生書畫收藏極豐，從宋明清至近現代，包括人物、山水花鳥和書法，應有盡有，並築「兩塗軒」書齋以藏之。二〇〇二年，莊良有兄妹遵照父親遺願，將莊氏家族所藏的二百卅三幅書畫精品慨然捐贈給上海博物館，散落海外的文化「遊子」終於回歸故里。上海市市長陳良宇親自向莊家兄妹頒發了「上海市白玉蘭榮譽獎」，以作答謝。

另一方面，美倫美奐的陶瓷藝術俘獲了她的心。「當我留學英倫時才完全為中國古代瓷器的美折服，常常有驚豔的心悸。」莊老師興奮地說。一九八六年，她孤身飄洋過海，到英國倫敦大學亞非學院求學，主修陶瓷課。她將求學的那段時光稱之為「一生中最奢侈的享受」；「倫敦大學大衛基金會藝術館三樓就是我當年上陶瓷課的教室。該藝術館創立於一九五〇年，創辦人是大衛爵士，一位受人仰慕的中國瓷器收藏家及學者。他的收藏中有宋徽宗最喜愛的『雨過天青』釉色的汝窯十四件，因其燒造時間極短，傳世品不多。這些不僅為研究中國古代瓷提供了珍貴資料，它的藝術魅力更是讓我如癡如醉、流連忘返」。

菲律賓中國古代瓷器的大小收藏家不少，而研究者卻寥寥無幾；菲律賓的中國古代瓷器藏量豐富，這緣於其曾是中國古代瓷路的中轉站及消費地之一，然而菲律賓有關研究中國古代瓷器的參考書籍卻非常匱乏。「我常常回憶起在倫敦整日消磨在圖書館的日子，我的英國同學納悶，我為什麼天天泡在圖書館裡讀文獻研究資料，我也挺納悶地答道：『我千里迢迢來到倫敦不就為了讀書嘛』。今不比昔了，我猶如一個荒漠中的徒步者，四處尋找水源——考古文獻和研究資料。我利用到中國內地或香港開會講學的機會搜尋資料。記得在從事青花瓷研究時，我專程去香港大學、香港中文大學研究有關青花瓷的考古文獻、歷史材料。」

多年來莊老師時常受邀請參加關於中國古陶瓷的國際研討會並提供論文。諸如為上海博物館舉辦的「十七世紀景德鎮瓷器國際學術研討會」撰寫的《從三艘紀年沉船（聖爹戈號、白獅號和哈柴爾號）的瓷貨簡論克拉克瓷風格的發展》；為香港中文大學舉辦的「江西元明青花瓷國際研討會」撰寫的《菲律賓出土的十四至十五世紀中國青花瓷》；為香港城市大學舉辦的「十二至十五世紀中國外銷瓷與海外貿易國際研討會」所撰寫的《從菲律賓的發現看十二至十四世紀泉州的興盛及其對福建瓷器生產的影響》等等。莊老師說：「有機會與世界同行探討問題、互通有無不亦樂乎，而每一次研討會對我專注的某一個研究細節進行檢閱、查漏補缺更是人生一大幸事。中國古代瓷研究領域如煙波浩淼的大海，越深入探索我的研究領域就越窄也越細。」

莊老師如數家珍般地將一本本論文集、一本本展錄、一本本參考文獻向筆者展示，聲音愉悅地說：「瞧，如何將枯燥的考古文獻幻化成心靈的快樂，如何賦予死氣沉沉的論文以鮮活的生命力？」她指著心窩說：「靠這裡，我的心。當我投入研究的時候，我心裡有一把烈火熊熊燃燒，將我的情緒撩撥到極點，也將我的心智運轉到極點，欲罷不能。」莊良有這種詩人般的浪漫主義情懷與她個人的藝術修養密不可分。她也加入了菲華文藝協會，個人佳作散見臺、菲、港三地報刊雜誌，且曾於上世紀九〇年代在菲華文報紙《聯合日報》開闢了一個「片言陶瓷」的專欄。為了吸引讀者，她還運用文藝的筆觸介紹菲律賓的中國古代瓷器。〈紅塵中的美絕〉便是其中的一記：「所刻的荷景，韻味十足。雖是民間藝術，竟有靈有氣、有情有趣。速刀向上滑出微斜的荷莖，支撐著盛開的荷花，扶搖在空中。」而她所寫的生活隨筆更多的是關於莫斯科的芭蕾、意大利的歌劇、還有法國的服飾文化。

當莊良有的心徹底燒造成中國古代瓷器時，她生活中的情趣也被陶瓷研究一點點地蠶食了。偶爾聽聽歌劇或看看芭蕾也算是「偷得浮生半日閑」，至於文藝寫作更是被嚴謹的學術研究論文所替代了。

語言文學類　PC0687　菲華文協叢書3

紅塵中的美絕

作　　者／莊良有
主　　編／楊宗翰
責任編輯／林泰宏
圖文排版／鄭佳雯
封面設計／Noemi Dilla Garcia

發 行 人／宋政坤
法律顧問／毛國樑　律師
印製出版／秀威資訊科技股份有限公司
114台北市內湖區瑞光路76巷65號1樓
電話：+886-2-2796-3638　傳真：+886-2-2796-1377
http://www.showwe.com.tw
劃撥帳號／19563868　戶名：秀威資訊科技股份有限公司
讀者服務信箱：service@showwe.com.tw
展售門市／國家書店（松江門市）
104台北市中山區松江路209號1樓
電話：+886-2-2518-0207　傳真：+886-2-2518-0778
網路訂購／秀威網路書店：http://www.bodbooks.com.tw
國家網路書店：http://www.govbooks.com.tw
圖書經銷／紅螞蟻圖書有限公司
114台北市內湖區舊宗路二段121巷28、32號4樓
電話：+886-2-2795-3656　傳真：+886-2-2795-4100

2012年2月BOD一版
定價：320元

國家圖書館出版品預行編目

紅塵中的美絕 / 莊良有作. -- 一版. -- 臺北市 : 秀威資訊科技, 2012.02

面； 公分. -- (語言文學類；PC0687)(菲華文協叢書 : 3)

BOD版

ISBN 978-986-221-884-6(平裝)

868.655 100023739

讀者回函卡

感謝您購買本書，為提升服務品質，請填妥以下資料，將讀者回函卡直接寄回或傳真本公司，收到您的寶貴意見後，我們會收藏記錄及檢討，謝謝！如您需要了解本公司最新出版書目、購書優惠或企劃活動，歡迎您上網查詢或下載相關資料：http:// www.showwe.com.tw

您購買的書名：________________________________

出生日期：________年________月________日

學歷：□高中（含）以下　□大專　□研究所（含）以上

職業：□製造業　□金融業　□資訊業　□軍警　□傳播業　□自由業

□服務業　□公務員　□教職　□學生　□家管　□其它_____

購書地點：□網路書店　□實體書店　□書展　□郵購　□贈閱　□其他

您從何得知本書的消息？

□網路書店　□實體書店　□網路搜尋　□電子報　□書訊　□雜誌

□傳播媒體　□親友推薦　□網站推薦　□部落格　□其他__________

您對本書的評價：（請填代號　1.非常滿意　2.滿意　3.尚可　4.再改進）

封面設計____　版面編排____　內容____　文／譯筆____　價格____

讀完書後您覺得：

□很有收穫　□有收穫　□收穫不多　□沒收穫

對我們的建議：________________________________

____

____

____

請貼
郵票

11466
台北市內湖區瑞光路 76 巷 65 號 1 樓
秀威資訊科技股份有限公司 收
BOD 數位出版事業部

....

（請沿線對折寄回，謝謝！）

姓　　名：＿＿＿＿＿＿＿＿＿＿　年齡：＿＿＿＿　性別：□女　□男

郵遞區號：□□□□□

地　　址：＿＿＿＿＿＿＿＿＿＿＿＿＿＿＿＿＿＿＿＿＿＿＿＿＿

聯絡電話：(日) ＿＿＿＿＿＿＿＿＿＿ (夜) ＿＿＿＿＿＿＿＿＿＿

E-mail：＿＿＿＿＿＿＿＿＿＿＿＿＿＿＿＿＿＿＿＿＿＿＿＿＿